致

乔恩·库克，

他也看到了它们。

备注

本小说中提到的法国乡村和现实生活相符，但所涉及的人物纯属虚构，与现实中任何活着或死去的人物都绝无雷同。村长的故事及村长本人均无历史依据。

伊恩·麦克尤恩

在这些时候——不妨这么说吧——我不知道自己想要什么；也许，我不想要我已知的东西，而想要未知的事物。

——马尔西利奥·费奇诺①，

摘自致乔万尼·卡瓦尔坎蒂②的信，1475 年

①　费奇诺（Marsilio Ficino，1433—1499），意大利佛罗萨著名哲学家、神学家和语言学家。他对柏拉图和其他古典希腊作家的作品的翻译和注释促成了佛罗伦萨柏拉图哲学的复兴，影响欧洲思想达两个世纪之久。
②　卡瓦尔坎蒂（Giovanni Cavalcanti，1444—1509），意大利佛罗伦萨著名诗人、政治家。

麦克尤恩作品 | Ian McEwan

Black Dogs

黑 犬

[英]伊恩·麦克尤恩————著

郭国良————译

上海译文出版社

目录

前言

八岁那年，在一场车祸中，我失去了双亲，从那以后，我就对别人的父母格外在意。在青少年时代，我尤为如此，当时许多朋友纷纷丢弃自己的父母，而我形单影只，用别人用旧的东西，倒也活得十分自在。左邻右舍，略显沮丧的为人父母者比比皆是，对至少有那么一位十七岁的青年愿意留在身边，来分享他们的玩笑、建议、菜肴甚至金钱，他们可是连高兴都来不及。与此同时，我自己倒也算得上身为人父。那时，我的姐姐琼和一个名叫哈珀的男人结婚没多久，而这场婚姻正濒临瓦解。在这个不幸的家庭中，我所保护的对象和亲密伙伴就是我那三岁的外甥女莎莉，琼的独生女儿。大公寓里——琼已经继承了一半遗产，我的那一半则由他人托管——这对夫妇的争吵与和解如潮汐般汹涌澎湃，此起彼伏，把可怜的小莎莉冲到一边。自然而然地，我和这个被遗弃的孩子同病相怜，于是我们经常舒心地窝在一间俯瞰花园的大房间里，她玩玩具，我听唱片。而每当公寓彼端的某处风云变色、使得我们不想抛头露面的时候，我们就躲进一间小厨房里。

对我来说，照顾她是件好事，它使我保持了文明的品性，并让我远离自身的烦恼。直到二十年后，我才感到自己扎下根来，就像当年照顾莎莉时那样。最令我享受的时光是在琼和哈珀离开公寓外出的时候，特别是在夏天，我会读故事给莎莉听，直到她悠然入睡，然后我就坐在靠着敞开的落地窗的大写字桌前，开始做我的家庭作业，迎面的窗外飘着树木散发的清香和车辆带起的尘埃。那时，我正在埃尔金新月街上的比密西——一所喜欢自诩为"学院"的学校——念书，正在为高考①苦读。当我停下手中的作业，回头朝身后望去时，我看见，在光线逐渐黯淡下来的房间里，莎莉仰面睡着，被单和玩具熊都掀到了膝盖下面，四肢完全展开，一副纯洁无邪、毫不设防的可爱姿势。在我眼里，这是她在自己那仁爱善良的小小世界中对我百分

---

① 高考（A-level）：即英国中学高级水平考试，是英国公开的大学入学考试，也是英国及全球所有大学普遍接受的入学要求。在英国，学生16岁进入 A-level 课程学习，学制两年。

之百的信赖。一股狂野而令人痛苦的保护欲望激励着我，令我一阵心痛，而且我确信正是出于这种欲望，我后来才会生了四个孩子。我从来没有怀疑过这一点：在某种程度上，你一辈子都是孤儿身；照料孩子就是照料你自己的一种方式。

有时，出于愧疚或是与哈珀和解后余留的满心爱意，琼会突然闯进来，出现在我们面前。她会把莎莉抱到公寓里属于他们的那一边，柔声细语地逗她，拥抱她，给她做出种种毫无价值的承诺。每当这时，一种失去归属的空虚感就会如黑夜般袭上我的心头。我没有躲闪逃避，也没有像其他孩子们那样去靠电视排遣寂寞。我会遁入茫茫夜色，沿着拉德布罗克·格罗夫大街，前往目前对我最为热情的那户人家。二十五年过去了，当我重温往事时，在脑海里所浮现出来的，是那些用灰泥粉刷过的灰暗公寓，有些墙面已经斑驳脱落，有些却依然干净整洁，也许是在波伊斯广场吧。接着，前门打开了，一道强烈的黄色灯光照亮了站在阴影中的那个面色白净、已经身高六英尺、脚下趿拉着那双切尔西球靴的年轻人。哦，晚上好，兰利夫人。很抱歉来打扰您。请问托比在吗？

3

托比多半正和他的一位女朋友混在一起，或者是和朋友们呆在酒吧里。于是我连称抱歉，开始沿着门廊台阶往回走，这时，兰利夫人把我叫了回来。"杰里米，你想不想进屋来坐坐？来吧，和我们这两个无聊的老东西喝上一杯。我知道汤姆看见你会很高兴的。"

几下惯常的推却之后，这只六英尺高的布谷鸟还是进去了。他被领着穿过大厅，走进一间汗牛充栋的巨大书房，房里还装饰着叙利亚式匕首，一张萨满教巫师使用的面具，以及一根亚马逊吹管，里边装有头上浸满箭毒的飞镖。敞开的窗户旁，托比四十三岁的父亲正坐在台灯下，读着普鲁斯特或修昔底德或海涅的原作。他微笑着站起身来，向我伸出手掌。

"杰里米！见到你真高兴。一起来杯兑水的苏格兰威士忌吧。坐这儿来听听这个，告诉我你怎么想。"

他很热情地与我攀谈，找着与我的学科（法语，历史，英语，拉丁语）有关的话题。他把书往前翻了几页，翻到了《在少女们身旁》①中的一段令人叹为观止的回旋语句，

———————

① 普鲁斯特《追忆逝水年华》的第二卷。

而我呢，也同样希望能表现自己并被他接受，便直面这一挑战。他和蔼可亲，不时地给我做些纠正。后来我们可能还谈论起了斯科特-蒙克里夫①，而兰利夫人则会端着三明治和茶水走进来。他们向我询问了莎莉的情况，也想知道在哈珀和琼，这对他们从未碰过面的夫妇之间，有什么最新的进展。

汤姆·兰利是位外交官，在外办工作。他曾先后三次旅居国外，执行外交事务，回国后便常居白厅。布兰达·兰利操持他们和和美美的一家，还教授大键琴和钢琴课程。就像比密西学院里我许多朋友的父母们一样，他们受过良好教育，生活充裕富足，在我这个收入中等、藏书全无的人看来，这简直是一种高雅理想的生活。

然而，托比·兰利却对他的父母不屑一顾。他们那种富有修养、对知识保持好奇和思想开放的生活方式，他那个宽敞整洁的家，以及他自己在中东、肯尼亚和委内瑞拉

① 克里斯蒂娜·斯科特-蒙克里夫（Christina Scott-Moncrieff）：医学博士，英国著名全科医生，顺势疗法专家，英国环境与营养医学协会的成员，畅销书《营养排毒》、《维生素字母表》、《五十岁后的健康生活》的作者，并与他人合著了《女性同种疗法》。

所度过的有趣的童年生活，都令他感到厌烦。他三心二意
地准备着数学和艺术这两门高考课程，还说自己根本就不
想上大学。他和那些住在面朝牧丛站①的高层住宅里的人
结帮交友，而他的女朋友们都是些餐厅女佣，以及梳着黏
糊糊的蜂窝状发型的女店员。他滋事添乱，经常一次带上
好几个女孩子出门。他还逐渐养成了一套傻帽似的说话方
式，一开口总带着喉音"t"，还有那些比如像"偶醒"（我
想）、"偶转他"（我对他说）之类的另类表达，都变成了他
说话时根深蒂固的习惯。因为他是我朋友，我嘴上才没说
什么，但心里却一直很反感。

　　我往往趁托比不在家的机会上门，兰利夫人也会随口
说出"你还是进屋里来吧"这样的客气话，尽管大家都对
此心知肚明，我在波伊斯广场还是一直很受欢迎。有时，
兰利夫妇会让深谙托比性情的我对他的任性举动提些真实
想法，而我则会不顾朋友情面，自负地夸夸其谈起来，强
调托比需要"找回自我"。与此相似，我在西尔维史密斯家
也占了一席之地。西尔维史密斯夫妇都是新弗洛伊德主义

――――――――――

① 牧丛站（Shepherd's Bush）：伦敦西城一繁忙地铁站的名称。

精神分析心理学家，两人满脑子关于性的奇思妙想，家中还摆着一台美国型号的大冰箱，里面塞满了美味佳肴。他们的三个孩子，二女一男，都年纪轻轻的，却在肯萨尔赖斯[①]干着盗窃商店和在操场上敲诈勒索的非法勾当，简直是一伙疯狂的蠢蛋。还有一位比密西学院的朋友，约瑟夫·纽金特，我在他那凌乱的家里也过得很舒心。他的父亲是位海洋学家，每每率远征队去探索世界上未曾勘查的海床，而他的母亲则是《每日电讯报》的首位女专栏作家。然而，乔却觉得他老爸老妈太没劲了。他宁愿和一帮来自诺丁山的小伙子们混在一起，花一整个晚上改装蓝美达踏板摩托车[②]上的复合头灯，并乐此不疲。

我对所有这些家长们着迷，是否仅仅因为他们都不是我的亲生父母呢？尽管我费尽心机，但还是无法苟同，因为不容否认的是，他们都十分讨我喜欢。他们吸引着我，我可以从他们身上学到很多东西。在兰利家，我知道了在

---

① 肯萨尔赖斯 (Kensal Rise)：伦敦市西北部一块城区的名称。
② 蓝美达 (Lambretta)：20世纪著名踏板车品牌，1946年由设计师比埃·鲁易齐·道莱设计完成，与几乎同期的 Vespa (伟士牌) 一起构成了意大利小型踏板车的原型，并迅速风靡全球，1959年光英国就进口了 60 000 辆，价格昂贵。

阿拉伯沙漠中举行的献祭仪式，在拉丁文和法文上也都有了长进，还第一次欣赏了巴赫的哥德堡变奏曲。在西尔维史密斯家，我听说了"多形性反常"这一概念，痴迷于多拉、小汉斯和狼人的故事，还大饱口福，享受了熏鲑鱼、硬面包圈、奶油干酪、土豆饼和甜菜汤。在纽金特家，珍妮特向我讲述了普罗富莫丑闻①的前前后后，并劝我学习速记；她的丈夫曾向我模拟演示了害减压病时的情形。这些人都把我当作成年人看待，给我倒酒，递香烟，征询我的意见。他们四十有余，为人宽厚，悠然自得，精神饱满。还是赛·西尔维史密斯教我打网球的。如果他们中的任何一对夫妇是我的双亲（要是果真如此该多好啊），我肯定会更加爱他们的。

如果我自己的父母还活在世上，我是不是也会像其他人那样去奋力拼搏，寻求一片自由的天地呢？再一次，我无法认同这种想法。我的朋友们所追求的，在我看来，与自由正好是南辕北辙，是在自虐般地朝着社会底层扎猛子。

---

① 普罗富莫丑闻 (Profumo scandal)：一件发生于 1963 年的英国政治丑闻，该丑闻以事件主角、时任战争大臣的约翰·普罗富莫命名。

而且可想而知，我的那些同龄伙伴们，特别是托比和乔，他们会将我的居家环境视作人间乐园，这一点想想都叫我恼火：脏乱的公寓里臭气熏天的疯狂聚会，一直持续到将近中午的酗酒狂欢；我那如珍·哈露①般美艳惊人、嗜烟如命、在她那代人当中最早穿上迷你裙的姐姐，她那鞭抽棒打、轰轰烈烈的成人婚姻闹剧，还有那个自虐成性的哈珀，一个喜欢让老婆皮鞭伺候的变态狂，还在他肌肉饱满的前臂上用红黑色刺青刺上了趾高气扬的小公鸡图案；而且，没有人会来拿我卧室里的状况，我的服饰着装，我的日常饮食，或者我的行踪下落，我的家庭作业，我的前途展望，我的精神或者口腔健康来絮絮叨叨。享有这样充分的自由，其他我还能再指望些什么呢？没有。不过，有一点除外，他们可能会加上这么一句，得把那个总喜欢到人家院子里四处转悠的毛病给改了。

曾经有这么一次巧合，正好反映了我们之间对各自的不满与疏远。那是在一个冬天的傍晚，托比来到了我家里，

---

① 珍·哈露（Jean Harlow, 1911—1937）：20 世纪 30 年代美国默片时期的一位性感女星。

在那间寒冷肮脏的厨房中装作很放松的样子，抽着烟，试图给琼留下深刻印象（实际上琼对他应该说是相当讨厌），说话时还带着他和大家一起时常发的那种口音——而我那时也正好在他家，一边舒舒服服地坐在正对着熊熊炉火的大沙发里，手里捧着一杯他父亲的单一纯麦威士忌，裸脚踩在一张可爱的布哈拉①地毯上（托比却认为这是一种文化强暴的符号），一边听着汤姆·兰利讲述着一种致人死命的毒蜘蛛，以及某位三等秘书第一次来到英国驻加拉加斯大使馆时，被蜘蛛咬伤后在剧痛中垂死挣扎的故事。隔着大厅，穿过敞开的房门，我们听到布兰达正在弹奏斯科特·乔普林②轻快活泼的切分式拉格泰姆曲③。那时候他的这些曲子才刚刚被人重新发掘出来，还没有被推崇到发烧的地步。

我意识到，刚才所讲的很多事情都对我起着不利的影

---

① 布哈拉（Bokhara）：乌兹别克斯坦南部城市，布哈拉州首府，其古地毯是古董地毯中的精品。
② 斯科特·乔普林（Scott Joplin，1869—1917）：美国黑人音乐家，被誉为"拉格泰姆之王"。
③ 拉格泰姆（ragtime）：美国流行音乐形式之一，是一种只注重节奏变化而不注重旋律、情绪欢快而别具一格的钢琴音乐。拉格泰姆的作曲家中最出名的是黑人乐师斯科特·乔普林。

响，意识到托比在异想天开的情势下追求着一位美丽疯狂、可望而不可即的女郎，意识到他和乔还有西尔维史密斯家的那群孩子们喜欢上邻居家串门，其实显示了一种对生活合理的渴求，而一个十七岁的小伙子醉心于与上一辈人相处时的舒适与交谈，则暴露出他那干瘪的灵魂。我还意识到，在描述我人生的这一阶段时，我不仅经常下意识地模仿年轻时我的那种高高在上、藐视一切的态度，而且还模仿着我以前说话时的那种相当正式、刻意疏远、回旋绕弯的口气。这是我对普鲁斯特的笨拙模仿，尽管他的作品我读得很有限，而那本应是让我戴着知识分子的桂冠向世界展示自我的资本。现在，我能为那个年轻时的我所做的全部辩护，乃是：我非常非常思念我的父母，虽然那时我还没有意识到这一点。我不得不建立起保护自己的藩篱。傲慢自大是其中一道，另一道就是我逐渐培养成的对我朋友们的所作所为采取的轻蔑态度。他们那时可以放纵自由地生活，是因为他们家境稳定，生活有保障。而我呢？则急需进入他们所抛弃的家园。

我不准备与女孩子们交往，部分原因在于我觉得她们会使我学业分心。我理所当然地认为，能让自己摆脱目前所处境地——我是指和琼和哈珀同在一个屋檐下——的最可靠的办法，就是进入大学，为此我需要去参加高考。我刻苦攻读，几近狂热，虽考期仍远，但每晚都要花上两个，三个，甚至四个小时的时间备考。造成我胆怯的另一个原因是我的姐姐。她最早涉足这一领域时，我才十一岁，她也只有十五岁，那时我们还和姨妈住在一起。她的举动实在太热闹太火爆了，总有一些形形色色不知姓名的男生找上门来，挤进我们俩本应共同分享的卧室（姨妈最后把我们俩都撵了出去），令我畏缩不前。我们姐弟二人在这方面的经验和知识比较起来，可以用卡夫卡式的语言去形容——琼在我人生的世界地图上舒展开优美的四肢，遮蔽了那块标明"性"的广袤领土，迫使我不得不向其他的地域航行——驶向那些标注着卡图鲁斯①、普鲁斯特、波伊斯广场的无名小岛。

再说，我也确实对小莎莉情有独钟。和她在一起时，我感到肩负责任、身心完整，不再需要其他任何人。她是

---

① 卡图鲁斯（Catullus）（公元前84—54年）：古罗马共和国晚期著名抒情诗人。

一个苍白瘦小的小女孩。平时没有人怎么带她出去玩，我从学校里回来时，也从来没有兴趣再带她出去，而琼则根本就不把带她出门放在心上。大部分时间里，我和莎莉都在大房间里玩耍。她身上带着那种三岁小女孩特有的专横高傲的脾气。"别老是坐在椅子上！下来跟我到地上玩！"我们玩"看医生"，"过家家"，"林中迷途"，还有"驶向新天地"的模拟游戏。莎莉上气不接下气，喃喃地述说着我们所在的环境，我们的动机，还有突然发生在我们身上的变化。"你不是怪物，你是国王！"然后，我们听到从公寓远处的另一端，传来哈珀一阵狂暴的怒吼，紧接着是琼痛苦的大叫声。这时，莎莉会回以一个小大人似的绝妙鬼脸，后退一小步，时机恰到好处地耸耸肩，用她那银铃般动听的嗓音说出一句在语法结构上尚显陌生的话来："妈咪，爹地！他们俩又在那里冒傻气啦！"

的确，他们俩真的是在冒傻气。哈珀从前是一个保安，他声称自己正在攻读人类学的校外学位。琼嫁给他的时候还不到二十岁，小莎莉也只有十八个月大。婚后的第二年，琼的那一半遗产到账了，她便买下了这所大公寓套间，靠剩下的钱生活。哈珀辞了职，两个人成天混在屋里屋外，酗酒，打架，和好。哈珀天生就有暴力倾向。有时我看着姐姐红肿的脸颊或肿胀的嘴唇，心里忐忑不安，脑子里模模糊糊地想到男子气概，要去挑战我的姐夫，捍卫我姐姐的尊严。然而有的时候，当我走进厨房时，我发现琼坐在桌子旁边，一边看杂志一边抽着烟，而哈珀正站在厨房水池边默默地洗着碗，浑身上下只穿着一条紫色的健身内裤，半边屁股上赫然留着六条鲜红的鞭痕。我得很庆幸地承认，自己对此完全摸不着头脑，于是我便退回到大房间里，和莎莉玩起我所能理解的各种游戏来。

　　我永远也不会明白，当时自己为什么不知道，或者没有猜到：琼和哈珀之间的暴力冲突会殃及我的小外甥女。我也没有想到，直到二十年之后，她才透露出自己的心声，让别人知道：苦难会将一个孩子置于多么孤立无援的境地。那时，我不知道大人们会对孩子起到什么样的影响，或许我根本就不想知道。我马上就要离开这里了，我心中的愧疚感已经在慢慢滋生。那个夏末，就在我十八岁生日以后不久，哈珀永远地离开了这里。我通过了高考，在牛津大学争取到了一个名额。一个月后，当我从公寓里抱着成叠的书本和唱片走出来，把它们装进一位朋友的面包车里时，我本来应该欣喜若狂的。我的两年计划成功了，我离开了这个地方，我终于自由了。然而，在从卧室到人行道之间的路上，莎莉一直紧紧地跟着我，执拗地向我发出种种疑问："你要去哪儿？你干吗要走？你什么时候回来？"这些疑问，仿佛是对我叛离她的严厉指控。最后，她察觉到了我的躲闪逃避，我那凝重无语的沉默，便一次又一次地回来问我。后来，她想到要引诱我，便劝我和她一起玩"驶向新天地"，放弃我的历史学位。她是如此轻松乐观地相信我能回心转意。我放下满怀的书本，跑到外面的面包车上，坐在后座里暗自啜泣。我想我太了解她现在或将来的感受了：已经到了中午时分，琼仍然昏睡不醒，哈珀的离去让她移情于酒精和药片无法自拔。我本想在离开之前叫醒她的，但考虑到现在莎莉就要独立自主、自己照顾自己了，于是我便没有去打扰她。

不管是莎莉、琼、哈珀，还是兰利一家、纽金特一家或西尔维史密斯一家，他们在我后来的生活中再也没有出现，我把他们都抛在身后了。我心中的歉疚和叛离感都不允许我回到诺丁山去看他们，哪怕就一个周末也不行。我受不了再和小莎莉分别的情景。一想到我将自己所承受的失落与痛苦强加在了她那稚嫩的肩膀上，我的心灵更加寂寞，刚进大学时的兴奋也随之烟消云散。我变成了一个沉默抑郁的学生，一个在同龄学生当中阴沉低落的隐身人，与跟他人交往的自然天性明显格格不入。我便去寻找最近的一处家园。这一次是在牛津北区，是我那如生父般慈祥的导师和他的妻子的家。一段时间里，我在那儿显得出类拔萃，一些人还说我很聪明。然而这也无法阻止我黯然离去。先是牛津北区，后来，在第四个学期，我又离开了母校。之后的许多年里，我一直处于逃离的状态——住址，工作，朋友，恋人。有时，我与某人的父母交朋友，以减轻自童年起即幽灵般缠绕心头、挥之不去的失落感。我会被邀入他们家，我会生龙活虎，然后，我会再度离去。

这种令人伤感的愚蠢举动以我的婚姻而告终。在我三十多岁的时候，我娶了詹妮·崔曼为妻。我找到了自己存在的价值。借用西尔维亚·普拉斯的话来说，爱情发动了我①。我拥抱生活，永久地奔向生活，或者更确切地说，是

---

① 出自普拉斯诗作《晨歌》（*Morning Song*）中的第一句："爱发动你，像只胖乎乎的金表。"

生活主动拥抱了我。我本应从自己与莎莉在一起时的经历中领悟，要想重塑一个失去的父亲，最简单的办法就是让自己身为人父；而去抚慰自己心中那个被遗弃的孩子，最好的办法莫过于拥有自己的亲生骨肉，去疼他爱他。等我不再有这样的需要时，我便从我的岳父母——琼·崔曼和伯纳德·崔曼——身上寻找双亲的身影。然而，这一次没有家了。我第一次与他们碰面时，他们俩已经异国分居，彼此很少说话联系。琼在很久以前就隐退到法国南部一处荒凉偏僻的小山丘上生活，即将病入膏肓。伯纳德那时仍然是一个公众知名人物，在餐馆里频频款待客人。他们极少看望自己的子女。詹妮和她的两个弟弟对自己的父母已经绝望了。

人一生所养成的习惯不会那么快就被改变。尽管詹妮对我的行为有些不悦，我仍然保持与琼和伯纳德的友谊。在与他们数年间的交流中，我发现，从八岁到三十七岁，在这段时间里一直困扰我的情感空缺，那种无家可归、无人可依的失落感，导致了我在知性上的一个严重缺陷：我没有信仰，我什么也不相信。这并不是说我怀疑一切，或者我在保持理智的好奇心的同时仍坚持用怀疑的眼光看待问题，或者我对所有观点兼容并蓄全盘接受——不，都不是。仅仅是我没有找到一个合适的理由，一条持久的准则，一份基本的理念来鉴别判断，没有找到一种能让我去真诚、热情或者平静地信奉的超验存在。

我不像琼和伯纳德。他们俩一开始都是共产党员，后来才分道扬镳。但是，他们对各自信仰的潜力与追求却从来没有减退。伯纳德是一位颇具才华的昆虫学家，一生对科学的昂扬及其有限确定性坚信不疑。在舍弃共产主义之后的三十年里，他为形形色色的社会和政治改革事业奔走疾呼。琼自从在 1946 年与化身为两条黑狗的邪恶相遇后（伯纳德觉得此事尴尬至极，几乎闭口不议），便投入了上帝的怀抱。一种邪恶的天性，一股在人类事务中涌动的暗流会周期性地浮现，强势主宰和摧毁破坏个人或国家的正常生活，然后再度潜伏下来，等待着下一次时机；而就在咫尺以外，是另一种善良仁慈、无所不能的光明力量，存在于每个人的内心，与邪恶抗衡斗争。这两种天性，与其说是相距甚近，恐怕还不如说其变化只在一瞬之间。她感到，这两种天性的存在，都和她当时所信奉的唯物主义存在不可调和的矛盾，于是她便退党了。

18

琼遇到的那两条黑狗，是否应该被视为一种深具说服力的象征标志，一句信手拈来的口号，是一份证明她过于轻信抑或真的有这么一种力量向她显灵的证据，我无法断言。在这本回忆录中，我记述了我生活中亲历的某些事件——柏林①，马伊达内克②，列-萨勒赛③和圣莫里斯-纳瓦塞勒④——它们均有助于理解伯纳德和琼对该事件的解读。理性主义者与神秘主义者，政委与瑜伽信徒，活动家与隐士，科学家与直觉主义者——伯纳德和琼就构成了这样一对极端的矛盾，他们成了在我那缺乏信仰的空白地域中耸立的两根标杆，使我的信念左右摇摆永不安定。和伯纳德在一起时，我总觉得他对世界的看法缺少某些要素，

---

① 柏林（Berlin）：德国首都和国内最大城市，在二战结束后曾被分为由苏联控制的东柏林和由美、英、法控制的西柏林。1961年东德建起柏林墙，柏林成为冷战时期东西方意识形态交锋的最前沿。1989年，东欧国家民众掀起了对社会主义和共产党政权的总抗议。1989年11月9日深夜，东德被迫宣布开放柏林墙。1990年10月3日，德国重新统一，柏林举行了盛大的庆祝活动，柏林墙被拆除。

② 马伊达内克（Majdanek）：在波兰卢布林城东南4公里。二战时，法西斯德国在此设立大规模死亡集中营，先后囚禁过26个国家的15万公民，死难者达8万之多。现存瞭望塔、铁丝网、毒气室和焚尸炉等遗址，战后在集中营旧址辟设纪念馆。

③ 列-萨勒赛（Les Salces）：地名，位于法国南部洛泽尔省的一个小乡村。

④ 圣莫里斯-纳瓦塞勒（St Maurice de Navacelles）：法国南部的一处市镇，因一座古地质运动遗留的十分凹陷的大峡谷而闻名，法国人戏称其为"马戏团"（Circus of Navacelles）。

19

而正是琼握有打开大门的钥匙。他那坚定的怀疑主义和无神论思想都令我警觉，因为这种思想太妄自尊大了，太多事物被全盘拒绝，从根本上否定。而在一次次与琼的交谈中，我发现自己在像伯纳德那样思考。她那种对信仰的表述令我感到窒息，而且我也被她流露出的傲慢态度所困扰。一切信仰者都持有这种傲慢，他们都自我感觉良好，认定这是因为他们相信自己所信奉的一切，认定信仰即美德，并进而认定缺乏信仰的人生没有价值，或者至少十分可怜可鄙。

照理来说，理性思维与感性领悟本就相互分离，在它们中间挑起对立并无道理，但这样讲却毫无作用。伯纳德和琼向我阐述的理念往往水火不容，难以并存。比如，伯纳德坚信，是人类的思想指引着人类生活的方向，而不是什么固有的天性或者宿命的缘故。琼无法接受这一观点，在她看来，生命存在特定的目的，敞开自我去拥抱这一目的，对我们大家都有好处。同时认可这两种观点是行不通的。在我眼里，相信一切，不作出任何选择，就等同于什么也不信。

我不能确定，我们这处于千年之交的文明，是因过于崇尚信仰还是过于缺乏信仰而遭致诅咒，也不知道到底是像伯纳德和琼这样的人，还是像我这样的人才造成了祸端。

但是，假如我不宣告我坚信真爱可以改变人生，可以救赎人生，那就有违于我自己的亲身经历。我谨将这部回忆录献给我的妻子詹妮，还有我那仍被童年阴影所困扰的小外甥女莎莉，祝愿她也能找到这份真爱。

通过婚姻，我走进了一个分裂的家庭，这个家庭中的三个孩子出于自我保护，都在某种程度上背弃了自己的双亲。而我与岳父母过于亲近、有些夺人所爱的做法，给詹妮和她的弟弟们带来了某些不悦，对此我深表歉意。我曾有若干冒昧之举，其中最为冒昧的是将某些绝不该记载的交谈——作了陈述。然而，由于我对他人，甚至对我自己表明我"上岗"的机会少而又少，故而几多轻率冒昧之举在所难免，绝有必要。我恳望琼的幽魂，还有伯纳德的幽魂——假如与他的一切信念相左，他个人意识的某些要素继续存在了下来——能够宽恕我。

阿默珊姆社会主义骑行俱乐部中的一员。她用一只胳膊把手提包拢向自己，另一只胳膊挽着丈夫。她依偎着他，头还没到他的肩膀高。

这张照片现在就挂在我们在朗格多克①的家中的厨房里。我经常独自一人端详它。我的妻子詹妮，也就是琼的女儿，怀疑我本性难移，对我迷上了她的双亲感到生气。她花了很长时间才摆脱他们，而且她感到我的兴趣会将她拉回到父母身边，这一点没错。我把脸靠近照片，试图瞻望未来的生活、未来的面孔，以及在那次非凡的勇猛表现后所产生的忠贞决意。欢乐的微笑让她光滑的额头泛起了一道细小的皱纹，正好在她的眉心上方。这道皱纹后来成了琼那张老脸上最明显的特征：从鼻梁上隆起，垂直地把她的额头分成了两半。或许我只是在想象这微笑背后被隐藏在下巴褶皱里的艰辛，一种坚定的态度，观念的执着，一份对未来所抱有的科学的乐观。就在拍这张照片的那天早上，琼和伯纳德刚刚到位于格拉顿大街的英国共产党总

① 朗格多克（Languedoc）：法国地区名，范围基本覆盖东起罗讷河、西到加龙河，北至中央高原、南到地中海的地区。朗格多克-鲁西永（Languedoc-Roussillon）是法国东南部一个大区的名称，南邻西班牙与地中海，包括奥德省、加尔省、埃罗省、洛泽尔省及东比利牛斯省。

5

部所在地，在那里签了字，加入了党组织。他们即将离开工作岗位，可以自由地表达自己对党的忠诚，而在整个战争期间，忠诚心已经发生动摇。如今，党内对这场战争的定性依然没有统一结论——这到底是一次高尚正义、为自由解放而战的反法西斯战争，还是一次帝国主义国家之间的掠夺性侵略战争？——这种动摇让许多党员产生了怀疑，一些人还退出了党，而就是在这个时候，琼和伯纳德毅然加入了进去。除了希望建立一个理智、公正、没有战争和阶级压迫的世界之外，他们还觉得，作为党员他们就可以与青春、活力、智慧、勇敢作伴相依。他们即将跨越英吉利海峡，奔赴混乱的北欧，虽然有人劝他们不要贸然前往，但他们仍执意要去尝试他们新的自由，无论那自由是指个人的还是地域上的。从加莱出发，他们将一路南行，去享受地中海的春天。那里的世界崭新而和平，法西斯主义已经无可辩驳地成了资本主义末日危机的明证，温和的革命即将开始，更何况他们年轻，新婚，而且相爱。

虽然颇为苦闷，伯纳德仍保留着党籍，直到1956年苏联入侵匈牙利时，他才觉得自己已经把退党的事拖得太久了。这种变心反映了一种众所周知的逻辑，代表了一段为整整一代人所共有的理想幻灭的历史。而琼的党龄只有几个月，到她在蜜月途中经历的那次奠定本回忆录标题的遭遇为止。那次遭遇给她带来了剧变，令她经历了一次心灵的转世重生，那副面孔就是证明。一张圆脸蛋怎么会拉得如此之长？或许不是基因，而是生活，使她微笑时额头上现出的小小皱纹深深扎根，长成了一棵大树，一直延伸到她的发际线上？她自己的父母年老时并没有发生这样的怪事。在她生命的最后时刻，当她住在疗养院里的时候，她的脸和奥登[①]老年时的面孔很像。或许，多年来地中海的阳光使她的面孔粗糙变形，长期的隐居与思索令她的皮肤扩张，然后又重叠堆到了一起。她的鼻子和下巴都随着脸部而拉长，然后仿佛又改变了主意，试图折回去，以弧线形式朝外生长。在她休息的时候，她的脸如斧凿一般轮廓鲜明，表情抑郁阴沉，仿佛是一个雕像，一张萨满教巫师为抵御恶灵而雕刻的面具。

在这最后一点上，可能确实存在某种朴素的真理。或

[①] 奥登(W. H. Auden, 1907—1973)：英国出生的美国诗人，是继 T. S. 艾略特之后最重要的英语诗人，其诗以当代社会和政治现实为题材，描写公众关心的理性和道德问题，描写人们的内心世界。

许，她的脸不断拉长，是为了与她的信念保持一致：自己曾与一种象征性的邪恶直面相遇，并被这种邪恶力量所考验。"不，你这傻瓜。才不是象征呢！"我听见她在纠正我。"那可是实实在在，千真万确的喔。你不知道吗，我差点没命了！"

我不知道到底是不是如此，但在记忆中，1987年的春、夏天里，我每次（只有寥寥数次）去疗养院探访琼，都凑巧撞上了风雨大作的日子。或许，只有一次天气才很糟糕，但就这么一次，让我把其他几次来时的好天气忘得一干二净。好像每次我到达后，都要从位于老马厩旁、离大门老远的停车场里跑进这座维多利亚中期风格的乡村房舍。风雨飘摇，七叶树也随之摇曳，发出巨大的声响；没有修剪的草丛平贴在地面上，银白的背面朝向天空。我把夹克衫拉到了头上，感到又潮湿又闷热，心里为这又一个令人失望的夏天而愤愤然。我在门廊下停下喘口气，等待呼吸和情绪都平稳下来。难道仅仅是因为这场雨的缘故吗？我是很高兴看到琼的，但这个地方却令我感到沮丧。慵懒深深渗入我的骨髓。门廊四面嵌着橡木色调的镶板，让人感觉压抑；地毯上旋动的图案中相间的红色与土黄色十分刺眼，令我呼吸不畅。一道道封闭的安全防火门使屋内的空气长期得不到流通，从而弥散着一股体味、衣味、香水味、油炸的早餐味混合的陈旧气息。缺氧使我打起哈欠来。我还有精力去拜访她吗？我可以轻松地走过无人照管的接待台，在走廊里溜达，直到我找到一间铺好床的空房间。我会飞快地将需要填写的表格填好。正式的入住手续过会儿再办，我可以先睡下，等有人推着橡胶轮胎的手推车进来叫醒我，提醒我吃送来的晚餐。然后我再吃片镇静药，接着打个盹。一年一年的时间就这样悄悄地溜走了……

想到这里，一阵轻微的恐慌把我拉回现实之中，让我想起了自己今天来的目的。我穿过门廊走到接待台前，用掌心拍打着旅店门铃。没有动静。这老古董也只是个摆设。疗养院里预想的就是这种隐居乡间的氛围，而取得的成效是超出预期的床位和早餐。在这里，"吧台"就是餐室内一张带锁的橱柜，每天早上七点钟打开，一个小时后就关上。在这些不同的表象下就是真相本身——虽然没有十足的信心以明文承认事实，但实际上，这里就是一家营利性的疗养院，专门收容那些濒危病人。

保险单上的附属细则所带来的麻烦，以及保险公司令人咂舌的苛刻要求，令琼无法去她想要的那家安乐护理医院。几年前，围绕她返回英国生活的每一桩安排都很棘手，令人丧气。我们历经曲折，中途好几次推翻了前任医师的诊断结果，最终才确定她是患了一种相对十分罕见的白血病，一种不治之症；为此伯纳德沮丧万分；我们把她的物品财产从法国运过来，还要清理掉那些不需要的垃圾什物；财政、资产和住宿问题都要解决；我们还和那家保险公司打了场官司，后来不得不放弃；出售琼在伦敦的公寓时我们遇上了一连串麻烦；一个糊涂的老家伙说他能让琼在他的妙手下恢复健康，于是我们驾车朝北长途跋涉去找他治疗，结果在琼的恶语侮辱之下，这同一双妙手差点扇在她的脸上。我婚后的第一年实在是阴影重重。我和詹妮以及她的弟弟们，还有伯纳德和琼的朋友们，都被拉下了水，大家紧张兮兮地投入了大量精力，还误以为卓有效率。直到1983年，詹妮生下了我们的第一个孩子亚历山大后，我们——至少是对我和詹妮而言——的生活才回归正常。

接待员走出来并拿出访客登记簿让我填好。五年过去了，琼依然在世。她本来可以住在自己那幢位于托特纳姆法院路①上的公寓里。她本应该留在法国的。就像伯纳德所说，她走向死亡的时间就和我们所花的一样多。但是公寓已经卖掉了，所有安排都已就绪，我们可敬的种种努力，将她自己营造的生活空间全部都封死了。她选择呆在疗养院里，和这里的工作人员以及像她一样濒死的病人们一起，在墙面平整、既无装饰画也无图书的娱乐室里看杂志，或看电视问答节目和肥皂剧来聊以自慰。我们愚蠢的安排只不过是逃避的借口。没有人愿意接受这一可怕的事实。没有人，除了琼以外。从法国回来后，在找到这家疗养院之前，她和伯纳德住在一起，撰写她想要完成的那部书稿。毫无疑问，她也一直在身体力行，实践着她在自己那本畅销小册子——《十大冥思》中所描述的冥思方法。她很乐意让我们对她的作品的实用性展开评论。她的身心衰竭比医生预料的要慢得多，这个时候，她也同样心满意足地接受了切斯特纳·里奇疗养院，并把选择它当作自己的责任。她一点也不想出来，不想回到尘世中。她只想和一群看电视的人关在一座房子里，并声称这种生活简单而有益，很

---

① 托特纳姆法院路（Tottenham Court Road）：伦敦市内的一条著名街道，位于伦敦西区。

11

适合她，甚至让她很开心。不仅如此，这也是她的宿命。

　　不管伯纳德怎么说，现在已经是1987年了，琼正日渐衰弱下去。这一年里，她白天花在睡眠上的时间比以往多得多。尽管她总是用其他办法加以掩饰，装作一直投身于书稿编纂之中，但实际上她留下的仅仅是她的笔记，而且少得可怜。她不再漫游于林中的无人小径，前往离疗养院最近的小村庄。她已经六十七岁了。在四十岁时，我自己才刚刚开始认识到，对待今后人生的不同阶段要有所区别。以前有一阵子，我曾认为，人在年近古稀之时染疾赴死并不是悲剧，没什么好稀奇的，没必要挣扎抱怨。你老了，然后死去。现在，我开始明白，人生的每一阶段——四十岁、六十岁、八十岁——你都在顽强坚持，直到被死亡击败，而六十七岁时本还离这场命运游戏的结局远着呢。琼还有事情要做。她看上去气色一向还不错，这位法国南部来的老妪，头顶草帽下是一张如复活节岛石像般瘦长的面庞，走起路来气定神闲，不慌不忙。每天下午她都要按照院里的作息时间睡上一阵，然后在傍晚早些时候去游赏花园。

　　那张带有旋纹图案、令人心烦的地毯向门廊外延伸，从带有铁丝网的玻璃防火门下穿过，铺满了走廊的每一寸地面。当我踏在这地毯上时，我意识到自己对她濒死这一事实感到无比怨恨。我不想让她死，我无法接受这一残酷的事实。她是我的继母，由于对詹妮的爱、婚姻的习俗和个人的命运，我们才得以相见，尽管这份取代已经迟到了三十二年。

两年多来，我偶尔来探望她，独自一人。对詹妮和她的母亲来说，即使在床边聊上二十分钟，也说不完她们之间要说的话。慢慢地（事后想来应该说是太过于迟缓了），从我和琼的闲聊中，我萌生了为其编写一部回忆录的想法。这个念头让家族里的其他成员都感到尴尬。詹妮的一个弟弟试图劝阻我。大家怀疑我会让那些早已遗忘的争吵重新浮出水面，会对目前这好不容易才获得的艰难和平造成威胁。他们无法理解，他们父母之间的迥异，诸如此类已熟悉到令人生厌的话题，居然还会有什么吸引力。他们本来用不着担心的。生活无常，事实证明，只有在我们最后的两次谈话中，我才让琼有条有理地聊起往事，而从一开始起，我们就对我的记录应该采用什么真实的主题存在不同的看法。

在我随身带给她的购物袋里，除了装有从索霍区①市场上买来的新鲜荔枝、万宝龙②黑墨水、包斯威尔《伦敦日记》（1762—1763 年卷)③、巴西咖啡和半打昂贵的巧克力以外，还有我的笔记本。她不让我用录音机。我猜想这是因为，在对她那又爱又气的伯纳德言辞粗鲁时，她大可随心所欲，不必有任何顾虑。当伯纳德知道我去探望琼以后，他总是会来个电话："亲爱的孩子，她心境如何?"他的意思是指，他想知道她是否谈起了他，都说了些什么。对我而言，我很高兴省却了书房中大堆的盒式磁带，里面满是琼偶尔说出的轻率言语，成为泄密的证据。例如，在写回忆录这个想法定型之前，她有一次曾使我深感震惊：她忽然间压低声音，向我透露伯纳德的"阴茎尺寸很小"，仿佛这是解释他身上所有缺点的关键所在。我不倾向于从字面意思上去理解她的话。她那天正好对他很生气，另外，我可以肯定的是，她这辈子只见过他的那玩意儿。让我震惊的是她的措词，她是在暗示：正是由于她丈夫骨子里的

①　索霍区（Soho)：英国伦敦城内一著名街区。
②　万宝龙（Mont Blanc)：德国著名笔具品牌。
③　詹姆斯·包斯威尔（James Boswell)：苏格兰作家，现代传记文学开创者，著有《约翰逊传》。

14

那种固执，才妨碍了他从哲麦街经常光顾的店铺里定制更宽松合体的衣服。在笔记本里，这个评价可以用速记写下来，不被人破译。要是录进磁带里，就会成为背叛的明显证据，我就不得不把它锁进柜子里了。

仿佛是为了特意与被她称作"病友"的其他人隔离开来，她的房间位于走廊的尽头。走近房门时，我的脚步慢了下来。每次想到自己会在这里找到她，在这些一模一样的胶合板房门后找到她，我总是感到有点难以置信。她属于我第一次见到她的地方，在薰衣草和她装着财产的箱子中间，在荒野的边缘。我用手指甲轻轻地叩了叩房门。她不想让我以为她正在打盹。她更喜欢让人看到她在看书或写东西。我又敲了一次，这次敲得重了一些。我听见一阵噏动，一声低语，一下床弹簧变形的吱呀声。第三次敲门时，先是一阵寂静，里面响起一阵清嗓子的咳嗽声，接着又是一阵沉寂，然后琼才在里面唤我进去。我进去的时候，她正使劲坐直身体。她呆呆地瞪着我，没有认出我来，头发乱得一团糟。刚才她一直在沉睡之中，而她的病又使她容易醒过来。我想我应该再给她一些时间镇静恢复过来，但现在一切都太晚了。接下来我慢慢地靠近她，放下我的

15

包。就在这几秒钟里，她不得不重新审视自己的存在：她是谁？她在哪儿？她为什么要来这里，又是怎么进入这间白墙小屋里的呢？只有在她想起了这一切后，她才能开始记起我是谁。窗外，一棵七叶树舞动着枝干，仿佛急切地想给她些提示。或许，它只是让她更加糊涂了而已，因为今天她花了更长时间才回过神来。几本书和几页白纸杂乱地摊在床上，她无力地整理着它们，拖延着时间。

"琼，是我，杰里米。抱歉，我比预想的来早了些。"

突然间，她全想起来了，但为了掩饰她还是装出一副生气的模样："是的，该死的，是你没错。我刚才是在想自己要写些什么来着。"她对自己的表演并不卖力。我们俩都注意到她手上没拿笔。

"要不我过十分钟再进来？"

"别犯傻了，我已经想不起要写什么了。反正也都是些废话。坐下吧。你给我带什么来了？我要的墨水记得带来了吗？"在我拉过椅子坐下的工夫，她才露出了刚才一直忍在嘴边的笑意。当她的嘴角拉起向面颊伸展时，那张脸皱成一团，变得像手上的指纹那样纵横交错，面颊上浮出一圈圈的平行皱褶，环绕着她的面庞，在太阳穴周围卷曲。

在她额头中间，那条树干一样的皱纹更加凹陷，变得像犁沟一样深。

我摆出买来的东西，她一样样地检查着，还开着玩笑，抛出无需回答的小问题。

"为什么现在世界上这么多人里，就瑞士人擅长做巧克力呢？近来我嘴馋，就想吃荔枝，到底是怎么回事？你觉得我是不是怀孕了？"

这些外面世界的标志并没有让她感到难过。据我了解，对自己彻底脱离外面的世界，她没有任何悔意。这是一个她永远离开的国度，只不过还保留着一些她喜欢或感兴趣的东西。我不知道她怎么能够忍受下来，放弃了如此之多，在这样一个单调的地方生活：蔬菜被煮得稀烂，一堆老家伙们既挑剔又吵闹，茫然而又贪婪地盯着电视画面。这么自足地过一辈子，会让我感觉恐慌，或者经常想要逃离。然而，她的默默顺从（近乎平静）使她十分平易近人。对于自己远离这个世界，甚至对于我们推迟对她的探望，她都毫无怨言。她已经把她的独立自由迁到了床铺所在的有限空间中，在这张床上，她读书，写作，沉思，打盹。她只要求有人能认真对待自己。

在切斯特纳·里奇疗养院，情况却没有听起来的这么简单。她花了好几个月的时间去说服护士和助手们。我原以为她的这场抗争是注定要失败的；她的谦逊将向专业护理人员屈服。然而琼做到了，因为她一直耐着性子，扮演着疗养院期望她扮演的乖宝宝角色。她很冷静。当某位护士没有敲门就进了琼的房间——我曾经见过一次——一边哼着第一人称复数的小曲时，琼朝那年轻的妇人瞪起双眼，让一阵宽恕般的寂静随之降临。早先，她被归入难伺候的病号之列，甚至有传言说疗养院再也容不下她了。詹妮和她的兄弟们前来和院长协商。琼不想参与谈话，她从来没有想走的念头。她对自己十分自信，镇定自若，这种自信源自多年来的独立思考。她首先说服了自己的医生。当他认识到这位病人并非愚蠢无知、老态龙钟时，他开始和她谈起与医学无关的话题——野花，这是他们俩都很感兴趣的爱好，而且在这方面琼还是个专家。不久，他就开始向她吐露自己婚姻方面的问题。这位医生对琼的态度转变了——这就是医疗机构的等级性质。

　　我把这看作是她在策略上的一次成功，一场深谋远虑的胜利：她将内心的愤怒掩藏起来，最终大功告成。然而，在我向她祝贺的时候，她却告诉我，这不是什么战术，而是很久以前她从老子的《道德经》里学得的心灵之道。这本书她曾多次向我推荐，尽管每次我读它时，都会被里面自以为是的悖论所激怒：欲达，则必反其道而行之。有一次，她捧起这本书大声读道："天之道不争而善胜。"

我搭腔说："恰如我所料。"

"闭嘴。接着听这句：'故抗兵相加，哀者胜矣。'"

"琼，你越说我越不明白了。"

"不错嘛。我会把你调教成圣贤之辈。"

我按照她的指示把要带的东西都带来了，对此她很满意。除了被她放在柜子上的墨水外，我把其他物品都收了起来。笨重的自来水笔、灰白色的厚纸和黑墨水是她以往日常生活仅有的几件物证。其他的一切，包括她那些现成的奢华物品和衣物，都已经有了自己的归宿，现在她都看不到了。她那间坐落在羊圈里的书房，向西能眺望从峡谷朝圣普里瓦延伸的风景，面积是现在这个房间的五倍大小，但也仅能勉强装下她的书和文稿；巨大的厨房里，横梁上挂着许多腌火腿，石板地上放着几个细颈瓶，里面装着橄榄油，橱柜里有时会有蝎子在里面筑巢；起居室从前曾是老谷仓，有一次，在狩猎完野猪后，曾有一百个当地人在那里聚会；她的卧室里有张带四根帷柱的大床和一扇法式彩色玻璃落地窗，而在那些客房里，多年间她曾向许多人给予馈赠；她的花房，种着杏树和橄榄树的果园，以及果园里放置园艺工具的小棚屋，还有附近那迷你鸽笼般的鸡舍——所有这一切都已经不在了，只有眼前这个独立书架，一个装有她从来不穿的衣物的高脚柜，一只她不许别人偷看的扁行李箱和一个小电冰箱。

我一边把水果拿出来放进水池里清洗，然后和巧克力一起放进冰箱里，并给咖啡找了个地方（仅有的空地方）放下，一边向琼转达来自詹妮的问候以及孩子们的爱意。她询问伯纳德的健康状况，但自从上一次拜访后，我就再也没有见过他。她用手理了理头发，然后拿枕头围住自己。当我坐回她床边的椅子上时，我发现自己又一次在看柜子上那张嵌在镜框里的照片。我也可能会爱上她，这个面庞圆润、秀发整洁、带着一脸活泼欢快的微笑依偎在爱人臂膀里的美人。不仅仅是这位妙龄女郎抑或这对情侣的纯真，还有时间本身，显得如此诱人；甚至连那西装革履的路人模糊的身影，也带有一份天真淳朴、懵懂无知的气息，就像一辆头灯凸出的豪华轿车停靠在空旷古老的大街上的那种味道。那个纯真年代啊！数以千万计的人死去，欧洲变成一片废墟，纳粹灭绝营仍是新闻，还没有变成众所周知的对人性堕落的注解。是照相术本身才制造了纯真的假象。它那对凝固叙事的嘲讽显然令其主体没有察觉到：他们将会改变或者死去。他们懵懂无知的是未来。五十年后，我们像上帝般地看着照片上的他们，深知他们的身世——他们和谁结了婚，他们在哪一天死去——却从未想过，将来某一天谁会手握我们的照片。

琼跟随着我的视线。取笔记本和圆珠笔时，我感到有点不自然，有种欺骗的感觉。我们彼此已经达成一致，我要写下她的生平。她心里有意写本传记，这是很合情合理的，而这也是我原本的想法。但是当我开始以后，事情却变成了另一种样子：不是传记，甚至确切地说也谈不上是回忆录，而更像是部跑题之作。她当然是中心人物，但我并不会仅仅只写她的生活。

卜次来访时，那张快照是一个很好的始发点。我盯着它，而她则注视着我，等着开始。她的手肘撑在上腹部，食指靠在下巴那道长长的皱褶上。我真正想问的问题是：

21

你是怎样把你那美丽的面庞搞成这副样子的？到头来你何以如此与众不同——难道是生活吗？我的天啊，你的变化太大了！

但我没有那样问。相反，我看着照片，说："伯纳德的人生好像稳步前进，一切都建立在他的既有之上，而你的人生似乎长期处于变化当中……"

不幸的是，琼误把我的开场白当作是对伯纳德的询问。"你知道他上个月来想跟我谈什么吗？欧洲共产主义！一周前他会见了某个来自意大利的代表团。那些衣冠楚楚大腹便便的恶棍，自己有钱却花别人的钱去请客。他说他很乐观！"她冲着照片点头。"杰里米，他的确非常兴奋！就像我们以前那样。'稳步前进'这个词太好听了。原地踏步，我得这样说。停滞不前。"

她知道自己说得不对。伯纳德多年前就退出了共产党，后来他成了一名工党议员，是党内的一个实力派，是一位尾闾议会成员，在政府委员会里供职，主管广播、环保和扫黄打非方面的工作。琼真正排斥的是伯纳德的理性主义。但我现在不想探讨那个话题。我想为我的问题找到答案，就是那个我没有大声说出口的问题。我佯装同意她的话。

"是的，很难想象你现在会对那样的事感兴趣。"

她将头向后一靠，闭上双眼，这一姿态表明她终于想寻根刨底了。以前，我们曾不止一次地探究琼到底是如何、又是为什么要改变她的生活的。每次她的开场白都有些不同。

"准备好了吗？1938年的整个夏天，我都和一户人家待在法国，就在第戎①市郊外。信不信由你，他们的的确确是做芥末生意的。他们教我怎么烹饪，并让我知道，在这个世界上再没有哪个地方的菜能比法国更好的了。这个年轻时保留的观念，直到现在我都无法改变。当我回来时，刚好是我十八岁生日，我收到了生日礼物———一辆崭新的自行车，漂亮极了。那时自行车俱乐部还很时髦，于是我加入了阿默珊姆社会主义骑行俱乐部。可能我当时是想让我那古板守旧的父母吃上一惊，但我不记得他们哪怕提过一丁点反对的意见。周末的时候，我们大约二十来个人，就会沿着奇特恩斯②的乡间小径，骑车到郊外去野餐，或

---

① 第戎（Dijon）：法国东部城市，在巴黎东南270公里，其主要特产是蜗牛菜和芥末。

② 奇特恩斯（Chilterns）：靠近伦敦，地处东南和腹地之间，人口密集，1965年被定为杰出自然风景区，以其森林、白垩质丘陵、砖石结构别墅和由篱笆、古道分割的古老田园而闻名。

23

者沿着陡坡向下，骑向泰晤镇[①]和牛津城。我们的俱乐部和其他俱乐部是有联系的，其中有一些俱乐部还和共产党有联系。我不知道这里面是否有什么计划或阴谋，应该有人去调查一下。从事后来看，这些俱乐部是在为党招募新成员，不过这很可能并不正规。没有人给我讲过课，也没有人向我灌输些什么。我只是发现我正在一群自己喜欢的人中间，很快乐很酣畅，我们谈论的内容你也可想而知——英国存在的弊端，社会的不公和人们遭受的苦难，怎样拨乱反正，以及苏联如何扭转乾坤。斯大林所采取的措施，列宁的语录，马克思和恩格斯的著述。然后大家就开始闲聊：谁加入了党组织，谁真的去过莫斯科，入党是怎么一回事，以及谁在考虑入党，等等。

"所有这些谈话、闲聊和嬉笑，都发生在我们在乡间骑车的路上，或者是我们坐在风景宜人的山头吃三明治的时候，或者是我们停在村庄酒吧的花园里，大口喝着搀汽水的啤酒的时候。从一开始，党和它代表的一切、所有莫名其妙的学说：生产资料公有制、无产阶级历史科学的继承

24

权、万事皆枯萎消亡——这一切愚蠢举动，在我的脑海里，都和另外一些场景联系在一起：山毛榉树林，玉米地，阳光，顺着山坡往下冲，沿着在夏天变成沟渠的小径飞驰。共产主义，我对乡村的热情，还有我对其中一两个身着短裤的俊朗小伙子的兴趣，全都混杂在了一起。是的，我那时非常兴奋。"

我一边记，一边心胸狭窄地想，我是否被利用了，成了琼想为自己的人生做最后的修补所利用的工具。这个想法，让我对自己没按她的意愿写她的传记略感舒服了些。

琼还在讲。这次她表现得相当好。

"这就是开端。八年后我终于入了党。到我一入党，它就结束了，拉开了结束的序幕。"

"巨石墓。"

"是这么回事。"

我们将要跳过八年，略过1938—1946年这段战争时期。谈话就以这样的方式进行。

1946年，在即将结束蜜月从法国归来的途中，伯纳德和琼在朗格多克长途跋涉，穿过了一片名叫"拉扎克的喀斯"的干燥石灰岩高原。他们偶然经过一处古老的墓地遗址，人称"普鲁纳莱德巨石墓"，离两人正好打算夜里入住的那个村庄仅几英里远。墓地就在山头上，在威斯河①峡谷附近，黄昏时分他们俩在那里坐了近一两个小时，面朝北方遥望塞文山脉②，谈论着他们的未来。后来我们也多次去过那处地方。1971年，詹妮在那儿追求过一个当地的小伙子，一个法国军队里的逃兵。八十年代中期时，我们曾和伯纳德还有孩子们在那里野餐。我和詹妮曾到那里去探讨解决婚姻问题。那也是个独处的好地方，成了一个家庭集会的场所。通常情况下，巨石墓由一块饱经岁月沧桑的厚重石板和支撑它的两块岩石共同组成，好似一张低矮的石桌。在那块喀斯平原上，有好几十座巨石墓，但只有一座是我所说的那个。

"你们说了些什么？"

她生气地拍了下巴掌。"别审问我。我刚才想起了什么，是我接下去要讲的东西。啊，对了，我想起来了。那个自行车俱乐部让我明白，共产主义与我对乡村的热爱是

①　威斯河（the river Vis）：塞文国家公园东南部的一条河流。
②　塞文山脉（the Cèvennes mountains）：法国中央高原东南部的山脉，自东北向西南延伸，有塞文国家公园风景区。

分不开的——我猜它们都是那浪漫和理想主义情怀的一部分，是人在那个年纪应有的情愫。而现在我在法国，在另一片风景中，远比奇特恩斯旖旎，壮观，狂放不羁，甚至有点让人觉得害怕。我正和心爱的人在一起，我们正在拉呱闲扯，谈论着如何尽微薄之力去改变世界，我们正在回家的路上，要回去开始我们崭新的生活。我甚至还记得自己当时在想：我从未像现在这样幸福。这就是我要的生活！

"可是，你知道，什么东西不对劲了，有道阴影在我心中无法抹去。我们坐在那儿，夕阳正缓缓下落，霞光变得无比灿烂。这时我却在想：但我不想回家，我宁愿留在这里。我眺望着峡谷，视线掠过'布兰达的喀斯'，投向远方的群山。我越观望，就越是领悟到一个昭然的事实：和这些峻岩的年龄、魅力以及力量相比，政治实在显得微不足道。人类只是一个新生事物。宇宙根本不在乎无产阶级的命运！我感到十分恐惧。我那整个短暂的成年人生都依附于政治——它给了我朋友、丈夫以及理想。以前我一直渴望回英国去，而到了这儿，我却又在告诉自己，我宁愿待在这片荒野中，过不舒适的生活。

"伯纳德一直在说话，毫无疑问，我也一直在插嘴回

27

答。但我感到很困惑。也许是我对政治和荒野都无法适应。也许我真正想要的，是一个温馨的家庭和一个孩子，让我来照顾。我非常困惑。"

"所以你……"

"我还没讲完呢。还有其他的一些事情。虽然带着这些不安的想法，但在那座石板墓前，我还是感到很幸福的。我只想静静地坐在那里，看着群山一点点变红，呼吸着傍晚如丝一般清凉的空气，而且我心里知道，伯纳德正和我做着同样的事情，有着同样的感受。因此另一个问题出现了。没有寂静，没有沉默。我们正在为——天晓得啊——改良派社会民主党的背叛和城市贫苦居民的生活现状而忧虑，而我们和这些人素不相识，在那时我们也没有能力去帮助他们。我们的生命在这一至关重要的时刻交汇——我们身在一处有五千多年历史的圣地，我们深爱对方，夕阳斜照，壮阔的平原在我们眼前伸展——可这一切我们却无从把握，我们无法将它们融入自己的心灵。我们不能解放自己，进入现实中；相反，我们居然还在想怎么把别人解放出来。我们想要关注他们的不幸，用他们的不幸来掩饰自己的悲哀。而我们的悲哀就在于，我们不能欣然接受生话赐了我们的简单美好的事物并为之高兴。政治，理想主义的政治，莫不关乎未来。我用了一生的时间才发现，一旦你完完全全地走入现在，你就能发现无限的空间，无限的时间，如果你愿意的话，你不妨称之为上帝……"

她的思绪开始混乱了，偏离了话题。她想说的不是上帝，而是伯纳德。她记起来了。

"伯纳德认为，注重眼前是一种自我放纵。但那纯粹是胡扯。他有没有静下来坐着反思过自己的人生？或者，他有没有想过他这一生给詹妮带来的影响？又或者，他想没想过，自己为什么不能独自生活，而非要找那个女人，那位'女管家'来照顾他？他对自己这些事根本就不闻不问。他只关心事实和数据，他的电话成天响个不停，他总是匆匆忙忙地去发表演讲，或者参加专题小组讨论之类的活动，但是他从来就没有反思过。他从未对造物之美抱有哪怕一瞬的敬畏。他讨厌静默，所以他一无所知。现在我来回答你的问题：如此受欢迎的人，怎么还会原地踏步，停滞不前？他看问题只是停留在事物的表面，整天在胡扯如果世界更加井然有序事物会是什么样子，却不去学任何实质性的东西——这就是原因所在啊。"

她身子往后一仰，靠着枕头，疲惫不堪，修长的面孔歪向天花板，呼吸沉重。对于那天傍晚在巨石墓的事，我们已经谈过好几次了，通常是为讲述第二天琼所经历的重大遭遇打好铺垫。她很生气，而且她知道，她的生气都被我看在眼里，这使得她更加恼火。她已经陷入失控的状态。她心里清楚，她对伯纳德的人生描述——电视上的亮相，收音机里的小组讨论，一个公众知名人物——都已经是十年前的事了，早已过时。现在伯纳德·崔曼表现得相当低调，没有多少人能再听到他的消息。他蜗居在家里安心写书，只有家人和几个朋友会给他打电话保持联系，另外，还有一位住在同一幢楼里的妇女每天花三个小时为他打扫房间和做饭。琼对她的嫉妒在旁人看来是一种痛苦。琼的人生理念也正是她衡量自己与伯纳德之间隔阂的准绳，而如果这些理念源于对真理的追求，那么，痛苦和对爱情的失望也成了真理的一部分。失真和夸张的言语竟也透露了如此多的真相。

　　我想说点什么，来让她明白，我并没有对她感到厌恶或者失望。恰好相反，我很喜欢她。我逐渐明白：亲情，羁绊，心灵——它们仍然很重要；以前经历的生活和遭遇

第一部

威尔特郡

琼·崔曼的床头柜上有一张镶着镜框的照片，这张照片放在那里，令琼回忆起年轻美貌时的自己，同时也提醒着她的访客，照片中那位漂亮姑娘的脸庞，不像她丈夫的那样，没人能看出将来会变成什么样子。这张快照摄于1946年，是在他们结婚后的一两天里，也就是在去意大利和法国度蜜月的一周前拍摄的。这对夫妇挽着胳膊，就在离大英博物馆入口不远的栏杆旁边。或许这是他们的午饭休息时间，因为他们都在附近工作，而且直到距出发几天前，他们才最终获准离职休假。他们斜倚着靠紧对方，看样子都格外帖记着不要被拍到相框外面去。他们对着相机露出笑脸，透出发自内心的欢悦。你不可能认错伯纳德。他的样貌一直没变，六英尺三英寸高，手脚都非常粗壮，下巴大得有些可笑，但看上去却仍显得和蔼友善，还有那头仿军人样式的发型，使他那对茶壶柄状的耳朵显得更加滑稽有趣。四十三年的光阴只给他留下了可以预见的岁月痕迹，而且这些变化都只发生在边缘地带——头发稀疏了点，眉毛更浓了，皮肤也更粗糙了些——然而，这个令人惊讶的怪老头，从1946年到1989年（这一年他拜托我带他去柏林），在本质上始终还是同一个伯纳德，那个手脚笨拙、容光满面的大个子男人。

然而，琼的面容就如她的人生一般，偏离了预定的发展轨道，而且，当有人进入她的私密房间时，也几乎不可能从这帧快照里预见到她这张绽出满面慈祥、笑容欢迎的老脸。照片里，二十五岁女子那美丽的圆脸蛋上浮现出快乐的微笑。她趋于散开的烫发依然太紧，显得太拘谨，一点也不适合她。春日的阳光照耀在她业已松散的发丝上。她上身穿一件带高垫肩的短夹克衫，下面搭一条很相配的百褶裙——这种低调的奢华体现了战后的"新貌"服饰风格。她穿的白衬衫带有V字形的宽松领口，领口朝下越来越窄，一直大胆地延伸到她的乳沟。衬衫衣领翻在夹克衫外边，这让她看上去清新活泼，带着战时招贴画里的姑娘们那种英国玫瑰般娇艳新鲜的气质。从1938年起，她就是的纷扰仍将持续下去；直到生命终结，也没有什么最终的定论，没有纯粹超然的评价。我从这领悟中，从琼的激愤中，得到了一丝慰藉。

我问她要不要喝茶，她抬起一根手指表示同意。我来到水池前将水壶灌满。外面，雨已经停了，但风还在刮。一位身材瘦小、穿着淡蓝色羊毛衫的妇女，正撑着助行架穿过草坪。一阵狂风好像就可以把她吹走。她走到墙边的一处花坛旁，在助行架前跪下，仿佛面对着一个移动的祭坛。当她双膝跪在草地上时，她设法把助行架挪到一边，然后从羊毛衫的一个口袋里拿出一把茶勺，从另一个口袋里拿出一捧植物的球茎。她开始挖坑，然后把球茎按进去。几年前我会觉得，像她这么大把年纪了还种些花花草草，实在没有意义。我会冷眼旁观，把这视为徒劳无益的举动。而现在，我只有静静地注视着。

我将茶杯端到床边。琼坐起来，无声地抿了一口滚烫的茶水，她曾告诉我，这是在上学时一位礼仪老师教给她的。她陷入了沉思，显然没有继续谈话的意思。我盯着一页页笔记，修改一个个记号，以使速记内容清晰可辨。我决心下次到法国时一定要参观巨石墓。我可以从羊圈那里步行出发，经过巴德拉泽①走上喀斯平原，然后再向北走四五个小时——沉浸在那野花盛开、田间漫布芳草幽兰的美好春光中。我可以坐在那块石头上，再次瞻望那片美景，同时也想想自己的事情。

琼的眼皮开始打架，我刚来得及把茶杯和茶托从她正在低垂的手中救下，搁在抽屉上，她就睡着了。这突如其来的瞌睡，她坚持说，并不是由于她精疲力竭的缘故，而是源于她的身体状况，某种神经机能障碍导致了她的多巴胺分泌失调。她告诉我，从表面上看，这类睡眠病患者的状态是麻木且无法抵抗的，就像在你脸上扔了条毯子。但当我向琼的医生提到此事时，他凝视着我，轻轻地摇摇头，这份否定实际上是在建议我与他保持默契。"她病了，"医生说，"而且她也累了。"

琼的呼吸变得平缓而短促。她前额上那道大树般的皱纹旁边的纹路少了许多，仿佛冬天除去了它的枝条，显得更加光秃。她的空茶杯挡住了那张照片的一小部分。这是

---

① 巴德拉泽（Pas de l'Azé）：位于法国南部埃罗省内列-萨勒赛村庄附近的一处风化巨岩景观。

何等的变化啊！我依然年轻，仍会被照片上的他们所震撼。照片上，琼的皮肤光洁平滑，她漂亮的圆脑袋依在伯纳德的臂膀中。尽管我只了解他们的晚年生活，但我能感觉到一种类似怀旧的惆怅，感怀在他们的感情开始冷淡之前，琼与伯纳德刚坠入爱河、简简单单在一起的那段遥远而短暂的时光。他们那时还不知道，今后他们会陷入怎样剧烈的情感纠葛和多么长久的爱恨交织——这也让照片中显露出的纯真格外诱人。伯纳德精神上的枯燥贫乏和"根本没正经"，他那狭隘的合理性，以及他"无视全部累积的证据"、盲目地坚持认为理性的社会工程能把人类从痛苦与残忍的天性中解放出来的傲慢与固执，都令琼恼怒不已；而伯纳德则难以忍受琼对社会良知的背叛，她那"保护自我的宿命论"，以及她"无止境的轻信受骗"——对于那些琼坚信存在的如独角兽、树精、天使、灵媒、自我治愈、集体无意识、"我们内心的上帝"等等一长串名字和事物，伯纳德感到痛苦不堪。

我曾经向伯纳德问起他与琼在战争期间第一次见面时的情形。琼究竟用什么吸引住了他？他记得根本没有所谓的第一次见面。他只是慢慢意识到，1944 年初的前几个月里，有一位年轻女士每周都要到议事大楼①他的办公室里来一两次，送来一些译自法语的文件，并整理更多的资料带走。在伯纳德的办公室里，每一个人都懂法语，而且那些材料也很简单。他不明白她这样做有什么意义，便没有抬眼去看她，无视了她的存在。后来，他无意中听人谈论她的美貌，便在她下一次来时仔细地瞧了瞧她。在她没出现的日子里，他开始觉得失落，而一旦她出现，他便感到如傻瓜似的开心。他曾经想当然地以为，漂亮女士肯定会讨厌和一个瘦长难看、长着一对大耳朵的男人谈话；可最终当他支支吾吾地开始与她攀谈时，他发现她是那样平易近人，甚至，她好像还有点喜欢他。他们在斯特兰德大街②上的乔·里昂咖啡馆里共进午餐，伯纳德对社会主义与昆虫学高谈阔论——他是一位业余的昆虫学家——以掩饰他的紧张。不久，他又成功地邀请她晚上一起看电影——不，哪部电影他已经不记得了——这令他的同事们

---

① 议事大楼（Senate House）：英国伦敦大学的行政中心，位于布卢姆斯伯里地区中心，南邻大英博物馆，第二次世界大战期间曾作为英国情报局办公地点所在地。
② 斯特兰德大街（the Strand）：位于伦敦中西部，与泰晤士河平行，是伦敦最热闹的要道之一。

大吃一惊。那天晚上，在干草市场大街上的一座电影院里，他鼓起勇气吻了她——仿佛是在模仿古老的浪漫仪式，他先亲吻了她的手背，然后吻了她的脸颊，接着是她那温润的嘴唇。这一切发生得太快了，简直令人眩晕：从随意聊天到纯洁美好的初吻，只发生在短短的四个星期里。

琼的回忆如下：她是一名口译译员，偶尔接手些将官方文件从法文翻译过来的笔译工作。一个无聊的午后，她前往议事大楼，到一间办公室里办事。当她在走廊里经过隔壁一间办公室敞开的房门时，无意间看见了一个面貌古怪、身材瘦长的年轻男子。他伸开四肢，脚跷在桌上，难受地半躺在一张木制椅子里，专心致志地研读一本看上去很严肃的书籍。那个男子抬眼瞅了一下，与她四目相对了一会儿，马上埋头回到他的书中，把她给忘了。琼在不至于失礼的情况下，尽可能多逗留一会——不过只有几秒钟——她假装查看手里的马尼拉纸文件袋，实际上是目不转睛、贪婪地看着他。她以前和一些小伙子们出去约会过，她虽然会喜欢上他们，但总要先克服对他们的莫名的厌恶感。但这个男人却一下子就把她吸引住了。他正是"她想要的类型"——如今她发自内心地理解了这一气人的说法。

35

他显然十分聪明——在那间办公室里上班的人个个十分聪明——而且她也喜欢他那笨拙无助的体型，他那张宽大、慷慨的面孔，以及他看到了她却没有对她产生兴趣这一极具挑战性的事实。少有男人能做到那样。

琼又找借口去了他所在的办公室。她主动帮助自己办公室的另一个女孩递送文件。为了延长停留的时间，也因为伯纳德不会朝她的方向看上一眼，她只好与他的一位同事，一个来自约克郡的满脸雀斑、嗓音尖细的可怜虫调情。有一次，她故意撞上伯纳德的桌子，让茶水泼溅出来。他却只是皱了下眉头，一边继续看书，一边用手帕把水迹吸干。琼故意将寄往别处的包裹拿给他。他礼貌地纠正了她。约克郡的那位写了一份痛苦的宣言，倾吐自己的孤独。他说，他并没有奢求琼能够嫁给他（尽管他并没有排除这种可能），但他的确希望他们能够成为最亲密的朋友，就像亲兄妹一样。琼知道她必须赶快行动了。

终于有一天，琼鼓起勇气，大步流星地走进了伯纳德的办公室，决计要让伯纳德带她出去共进午餐，而那一天也正好就是伯纳德毅然第一次仔细端详她的那个日子。他赤裸裸地盯着她，目光毫无遮拦，好像要一口吃掉她似的，以至于琼在走近他的办公桌前，居然有了些犹豫。角落里，琼那位未来的哥哥正咧开嘴角，倾斜着身体准备站起来。琼扔下她的包裹，逃也似的跑了。不过现在，她确信自己已经拥有了那个男人。打那以后，无论琼什么时候走进来，伯纳德都会晃动着那张大大的下巴试图与她搭讪。去乔·里昂咖啡馆共进午餐的邀请，只需琼轻轻地点拨他一下就行了。

令我感到奇怪的是，琼和伯纳德从未比较过那段早期的记忆。琼肯定会喜欢这些回忆的不同之处，它们会证实她后来对伯纳德的偏见是正确的：这家伙粗心大意，对现实中发生的微妙变化毫无察觉，还坚持认为一切都在自己的理解和掌握之中。然而，我忍住了，没有把他们各自的回忆告诉对方。这是我的决定，不是他们的，是我自己想把这两种回忆完全分开。他们都不会相信这就是真正的事实，而在我们的谈话中，我意识到，自己只是被当作一个信息与印象的传递者。琼会喜欢让我站在她的一边指责伯纳德——声讨他的世界观，声讨他那参与广播小组讨论和请女管家的放荡生活。伯纳德则希望我向琼传递和她分开后他生活照样美满的假象，还有他对琼的喜爱之情（不管

37

她听到这里会多么抓狂），从而免去他下一次可怖的拜访，或者为他下次的拜访先缓和一下气氛。每次一见到我，他们就设法引我畅谈，以获取对方的消息，通常是抛出一些值得争议的话题，以问话的形式出现。因此伯纳德会问：他们还能让她保持镇静吗？她有没有嚷嚷着不停地说我坏话？你认为她会一直这样恨我吗？而琼则会问：他还在念叨着布丽格斯夫人（那位女管家）吗？他放弃自杀的打算了吗？

我总是含糊其辞。我给不了他们任何满意的答复，而且，只要他们愿意，他们另外随时可以打电话或者谋面。但就像那些骄傲的年轻情侣们一样，他们克制住了自己，相信谁先打电话，谁就表现出了软弱和可鄙的依赖情绪。

五分钟后，琼从睡梦中醒来，发现一个神情严峻的秃顶男人坐在床边，手里拿着笔记本。她在哪儿？这个人是谁？他想干什么？她张大的眼睛里流露出恐慌和惊讶的神情，令我一时语塞，找不到合适的话语来安慰她；而当我想好措辞，开始结结巴巴地说话时，话还没说完，她就已经想起了事情的来龙去脉，想起了她的故事，想起她的女婿是前来记录这个故事的。

她清了清喉咙，问："我讲到哪里了？"我们都知道，她的思想刚才陷入了深渊，陷入了一个没有任何意义的裂缝中，里面所有的东西都无可名状，毫无关联，这令她害怕。这令我们两个都很害怕。我们不能承认这一点，或者更准确地说，在她开口承认之前，我不能先承认。

现在，她已经知道自己讲到哪里了，正如她知道接下来会讲到什么。然而，在她恢复过来的这一短暂的心理剧中，我发现自己准备抵御这无法回避的怂恿——"第二天"。我想把她引向别处。"第二天"里发生的故事，以前我们已经回顾过五六遍了。那是一段家族传奇，一个经过不断重复而更新的故事，与其说是记住它，倒不如说就像祈祷词那样被铭记在心。几年前，当我在波兰遇到詹妮时，就听说了那个故事。我经常听伯纳德说起它，虽然严格来讲他并不是一位目击者。在圣诞聚会和其他家庭聚会上，这个故事也不断地重演。在琼看来，这件事将是我的回忆录的核心部分，就如它在她的人生故事中所处的地位一样——那是一个决定性的时刻，那是一段令她人生转向的

39

经历，那次遭遇中显露出的真理，令之前所有定下的结论都必须被重新考虑。这个故事的历史准确性已经居于次要，它所起到的作用才是最关键的。它是一个神话，被尊为纪录而越发威力灼灼。琼已经说服自己相信，这"第二天"为她解释了一切——她为什么退了党，为什么与伯纳德陷入一生不和的境地；她为什么要重新思考她的理性主义，她的物质主义；她如何过上了后来的那种生活，到哪里去生活，以及她都想了些什么。

作为这个家庭的外来人，我一方面被深深吸引，另一方面又心存疑惑。转折点，是讲故事者和剧作家的发明，是当一段人生被压缩成一段故事情节、当道德须从一连串行动中得以升华、当观众必须带着对角色成长刻骨铭心的印象回家时，所需要的一套机制。醍醐灌顶，真理乍现，转折之点——我们无疑从好莱坞或者《圣经》中借鉴这一切，以让一段拥挤不堪的记忆沾上点滴追溯往昔的味道。那就是发生在琼身上的"黑狗"事件。我坐在床边，膝上放着笔记本，察觉到了她内心的一丝空虚，分享着这份眩晕的感觉。我发现，那些几乎不存在的动物实在过于令人欣慰。再次将这段烂熟的家庭轶事搬出来，也许太稳妥了吧。

她一定是在打盹时身体滑到了床上。她努力想坐端正，但是她的手腕太无力，手掌也在床上找不到支撑点。我站起身来想要帮她，可是她一声咕哝，一阵低吼，止住了我。接着她翻过身来，侧躺着面对我，把头嵌进枕头边缘的皱褶之中。

我缓缓地开始发问。这样说会不会伤害她？虽然这个想法还困扰着我，但我已经开口了。"难道你不认为这个世界能够包容你和伯纳德看待问题的方式吗？有人朝内部探索心灵秘境，另一些人则专注于改善外部世界，这难道不是最好的局面吗？多样性不正是构建文明的根基吗？"

这最后一个修辞性疑问，已经超出了琼所能容忍的范围。她发出一下猫头鹰似的大笑声，那副保持中立的皱眉神情消失得无影无踪。她无法继续忍受自己躺在床上，一边挣扎着想要坐起来（这次她终于成功了），一边气喘吁吁地对我说：

"杰里米，你是我亲爱的老朋友，不过你确实喜欢讲些废话。你太想做个正派人了，想让所有人都喜欢你，想让大家彼此喜欢……哎！"

她终于坐直了，一双因从事园艺而长满老茧的手紧紧扣在床单上。她盯着我，眼里流露出被压抑的喜悦，或是母性的怜悯之情。"那这个世界为什么还没有改善呢？免费医疗，工资上涨，每家每户都有汽车、电视和电动牙刷——人们应有尽有，可为什么还是不满足？是不是还有什么美中不足的呢？"

既然被她嘲弄了，我也就放肆了起来。我的口气有点强硬："这么说，当今世界是个精神荒漠吗？就算你说得对，这是陈词滥调，那你又怎样呢，琼？你为什么也不幸福？每次我来，你依然对伯纳德十分怨愤。你为什么就不能息事宁人？这件事现在还有什么意义呢？放他一马吧。其实，你没有这样，或者说不能这样，恰好说明你方法不当。"

我是不是说得太过分了？当我说出这番话时，琼将视线从室内移向了窗户。寂静被她长长的吸气声打断，接着又是一段更为紧张的沉默，然后她很响地呼出一口气，直直地盯住我。

"是的。的确是的……"她停顿了一下，然后又打定主意说："我所做的一切有价值的事情，我都不得不一个人去做。当时我并不在意。我很满足——顺便说一句，我不曾期望过得到幸福。幸福是偶然的，就像夏天的闪电那样短暂。不过我的确获得了心境的平和，而且，在所有这些年里，我认为自己一个人过得挺好的。我有自己的家庭、朋友和客人，他们的到访和离别都令我快乐。可是，现在……"

我的试探将琼拉出了回忆，她开始向我告白。我将笔记本翻开新的一页。

"在得知自己的病情后，我就来到了这里，最后一次将自己禁锢起来。孤独仿佛成了我人生最大的失败。一个大错误啊。过美好的人生——可如果是孤身一人，那又有什么意义呢？当我回想起在法国的那些岁月时，有时感到好像有股冷风扑面而来。伯纳德认为我是个愚蠢的神秘主义者，而在我看来，他是个目光短浅的政委，如果可以在地上换来一座物质天堂，他会把我们所有人都出卖——那是家庭的故事，家庭内部的笑柄。事实上，我们一直彼此相爱，我们从未停止爱慕对方，我们互相吸引，而且我们对此无能为力。我们没有办法一起生活。我们无法停止相爱，但也不会屈从于爱的力量。这个问题很容易讲清楚，可那时我们从来都没有讲过。我们从来没说：瞧，这就是我们的感受，我们又该何去何从呢？不，孩子们的安排呀、日复一日的混乱呀、不断滋生的分离感呀、奔波于不同的国家呀，吵吵闹闹，乱七八糟的。把一切拒之门外，我就找到了安宁。假如我痛苦，那是因为我还没有原谅自己。假如我学会了悬浮在一百英尺高的空中，那么我从未学会跟伯纳德交流或相处，这就无所谓弥补了。每当我从报上读到社会崩溃的最新消息并牢骚满腹时，我就不得不提醒自己——为什么我要寄希望于数百万个陌生人，期望存在利益冲突的他们去友好相处呢？要知道，我自己都不能和我孩子们的父亲、我爱的那个男人和合法婚姻的伴侣一起，组建一个小小的和睦家庭啊。另外，还有一件事情。如果我还是在对伯纳德打冷枪，那是因为你在这里，我知道你经常去看望他——我本不该说这些的——是你使我想起了他。谢天谢地，你没有他的政治野心，但你们俩身上的那种冷漠和疏远感，都让我既爱又恨。而且……"

她把想说的话咽了回去，瘫软下来，躺倒在枕头上。既然我应该认为自己是被恭维了，那么在接受她所提供的一切时，我感觉自己在一定程度上要受到礼节和正式要求的拘束。她的告白中有一处字眼，我想尽快折回去详谈。

不过首先，需要补充点细致的礼节作为铺垫。

"我希望我的来访没有让你不快。"

"你能来我很高兴。"

"如果你觉得我的一些问题太私人化了，你一定要告诉我啊。"

"你可以向我问任何问题。"

"我不想去侵犯你的……"

"我刚才说了，你可以问我任何问题。如果我不想回答，我就不会回答你。"

她允许我问了。这只精明的老鸟，我心想，她知道我的问题会在什么地方遇到障碍。她正在等我开口。

"你说你和伯纳德……相互吸引。你的意思是，呃，在生理上……？"

"真是你们这一代人的典型，杰里米。到这把年纪了也开始对这种事情装腼腆。是的，性，我是在说性。"

我从未听她说过这个字。在她那 BBC 战时播音般标准的嗓音中，她很明显地念走了字，几乎念成了"峄"。这从她的嘴里说出来，听上去既粗野而又相当下流。是不是因为她得强迫自己说出那个字，然后再重复一遍，来克制自己的厌恶感觉呢？或者她是对的？是不是我这个60后，尽管总是吹毛求疵，现在却开始变得有福难享，就好像面对一大桌珍馐佳肴却如鲠在喉呢？

琼和伯纳德，在肉体上互相吸引。我发现自己很难想象这种场景，因为我是在他们上了年纪，而且对彼此充满敌意的时候才认识他们的。我本来很想告诉琼这一点，就像一个孩子会去想象女王如厕的情景一样，实在是大不敬。

可相反，我却对她说："我想我能理解。"

"我可不这么认为，"她说道，并为自己的肯定而得意。"你不可能知道当时的情形。"

就在她说着这番话的时候，种种意象和印象，就如在洞中坠落的爱丽丝①或者她所超越的那些碎石杂屑那样滚落下来，从一个不断变宽的时空漏斗中穿过：办公室内积尘的气味；刷成光亮的乳白和棕褐色的走廊墙壁；从打字机到汽车的一切考究、笨重、涂着黑漆的日常用品；没开暖气的房间，多疑的女房东；裹在宽松的法兰绒衣服里、咬着烟斗、严肃得有些滑稽的年轻人；没配香草、大蒜、

———————————

① 卡罗尔的《爱丽丝漫游奇境》中的开初情节。

柠檬汁和酒水的食物；被视为性感的标志、常被人把玩在手中的香烟；还有无处不在的权威，展现在公交车票、表格和手涂的路标（它们那孤零零的手指指向道路，穿越一个棕、黑、灰等多种凝重色彩交错的世界）上，上面写有毫不妥协、盛气凌人的拉丁语式的指示。我对那时情形的想象，就如同一间旧货商店发生了爆炸、里面所有的杂物都飞起来的那种慢镜头场面。琼察觉不到我的想法，这令我很高兴，因为我想象不出他们俩会两性相悦。

"在我遇到伯纳德之前，我已经和另外一两个小伙子约会过，因为他们看上去都'很不错'。早些时候，我曾先后带他们回家与我父母见面，让他们定夺：这些小伙子'上眼'吗？我一直在男人们中间挑选，寻找未来可能成为我丈夫的那个人。我的朋友们都是这样子的，我们也在一起聊这些事情。性欲从来没有和这些事产生联系，至少对我来说没有。我只有一股模糊的渴望，渴望能有一个男性朋友，渴望得到一座房子，一个小孩，一间厨房——这些都是不可分割的。至于去考虑男人的感受，那就关系到你自己想让关系进展到哪一步。我和朋友们经常凑在一起讨论这个话题。如果你想要结婚，性是必须付出的代价——在结婚以后。这是一场硬交易，不过还算公平合理。你不可能只收获没付出。

"然后，一切都改变了。在我遇到伯纳德后的几天里，我都感到……呃，我感到自己好像快要爆炸了。我想要他，杰里米。这就像是一种煎熬。我不想要什么婚礼或者厨房，我就想要这个男人。我对他想入非非，还不敢对我的女伴们说实话，她们会大吃一惊的。对此我从来没有任何准备。我急切地想要和伯纳德亲热，而同时我也十分害怕。我知道，如果他提出要求，如果他非要不可，我就别无选择。很明显，他的感情也非常强烈。他不是那种主动提出要求的人，但是，有天下午，什么原因我现在想不起来了，我们发现自己单独在我的一位女伴的父母家里。我想这和那天下着大雨有关系。我们上了楼，进了客房，开始宽衣解带。几周来我一直在想的事情就要发生了，可这时我却特别痛苦，心里万分恐惧，就好像正在被人押着赶赴自己的刑场一样……"

她注意到了我疑惑的眼神——为什么痛苦？——然后不耐烦地吸了口气。

"你们这一代人所不能理解的，还有我们这一代人也几

48

乎快要忘记的是，我们当时依然是那么懵懂无知，心态是那样古怪——对性爱，以及对伴随性爱所产生的一切——避孕，离婚，同性恋，性病。未婚先孕在我们眼中是多么的不可想象，是可能发生的最最糟糕的情况。在二十、三十年代，体面人家里要是出了个未婚先孕的女儿，家里人都会把她关进精神病院。未婚的单亲妈妈会被当众游街，本应照顾她们的机构却让她们受尽了羞辱。许多女孩试图堕胎，结果害死了自己。现在看来这些事都很疯狂，不过在那个时代，一个怀了孕的女孩只会觉得其他人都是对的，是她自己发了疯，她遭这么多罪都是活该。政府方面的态度也是异常严厉，相当残酷。当然啰，没有任何经济援助。未婚妈妈们遭人抛弃，被视作耻辱，只能依靠伺机报复的慈善机构、教会或是其他组织。我们都知道六十个恐怖而富有警示意义的故事，保证自己不会步入歧途。那天下午，这些故事没能让我回心转意，但是当我们上了楼梯，走进房顶的那间小屋以后，我当时确实在想，我正在毁灭自己的前程。那天风雨交加，雨点打在窗户上，和今天一样。当然了，我们没有采取避孕措施，无知的我以为怀孕是不可避免的了，而且我知道，我没有办法走回头路。这令我痛苦，不过我也在品尝自由的滋味。这种自由，在我的想象中，就是罪犯在开始作案时必然会体验到的那种自由，虽然它只能持续一小会儿。我一直在或多或少做着人们希望我做的事，不过现在是我第一次认识到我自己。而且我好像必须去——必须，杰里米——去贴近这个男人……"

我轻轻地清了清嗓子："那，嗯，后来怎么样？"我不敢相信自己正在问琼·崔曼这个问题。詹妮永远都不会相信我的。

琼又发出了一阵猫头鹰似的笑声。我从没见她如此兴高采烈过。"真是个惊喜！伯纳德是个头号笨蛋，他总会弄洒他的饮料或者把头撞在横梁上。给别人点烟对他来说是件苦差。我肯定我是他接触的第一个女孩。他曾经在其他方面暗示过，但那只是一种形式，是他当时非说不可的话，所以我宁愿相信我们俩都缺乏经验，我真的不在乎这个。我无论如何都想得到他。我们爬上一张窄小的床，我带着恐惧与兴奋咯咯地傻笑。你相信吗——伯纳德是个天才！他给我的感觉，可以用浪漫小说里能找到的所有词汇来形容——温柔，强壮，技巧非凡……而且，嗯，很有创意。当我们做完的时候，他干了一件荒唐事。他突然跳起来，跑到窗前，把窗户迎着暴雨猛地推开，然后赤条条地站在那儿，人又高又瘦又白净，捶打着他的胸，像人猿泰山那样大呼小叫，任树叶纷纷扬扬随狂风刮进屋里。真是好傻啊！你知道吗，他让我笑得好厉害，我在床上都小便失禁了。我们得把床垫翻过来，然后把地毯上成千上百的树叶捡干净。我把床单装进一个购物袋里，带回家洗干净，又在朋友的帮助下把它们放回到床上。那个朋友比我大一岁，她对此感到特别恶心，为此几个月都没和我说话。"

我体会着四十五年前琼所体验到的那种犯罪般的自由，现在离提出关于伯纳德的"尺寸"的那件事情已经不远了。从现在的角度来看，那是否仅仅是琼偶然的一次中伤诽谤？或者，是他自相矛盾的成功的奥秘？又或者，因为他的个子那么高，琼是不是简单地被这种比例上的错觉给误导了呢？不过，有些事情是不能去问岳母的，况且，她已经在皱眉头了，正在试图整理自己的思绪。

"大概在一个礼拜以后，伯纳德去了我家，和我父母见了面，我差不多敢肯定，就是在那一次，他把一整壶茶水撞翻了在威尔顿地毯上。除了那件事以外，他表现得好极了，非常得体——读的是公立学校，剑桥大学毕业，与长

51

辈交谈时既亲切又腼腆。于是，我们开始了一种双重的生活。我们是一对恩爱的年轻伴侣，早早订婚，准备战争一结束就筹办婚礼，这让大家都高兴不已。与此同时，我们仍继续着已经开始的夫妻生活。在上院议事厅和其他政府大楼里，还有未被投入使用的房间。伯纳德十分聪明，他总能弄到钥匙。夏天，阿默珊姆周围长满了山毛榉树林。那是一种沉溺，一股疯劲，一份秘密的生活。那时我们已经开始采取避孕措施了，不过说句实话，我那会儿根本不太在乎这个。

"每次当我们谈起外面的世界时，都会谈到共产主义。它是另一样令我们迷恋的东西。我们决定原谅党在战争初期的愚蠢，决定在和平时期一到来、我们一离开工作岗位就尽快加入。马克思，列宁，斯大林，前方的道路——我们在任何问题上都意见一致。真是肉与灵的完美结合！我们营造了一个私人乌托邦，而全世界各民族追随我们的脚步只是一个时间问题。这就是塑造我们的那几个月。在我们经受了这么多年的挫折之后，我们多么希望回到原先那些快乐的日子。一旦开始用不同的眼光审视这个世界，我们就能感到时间正从我们身上流失殆尽，我们开始对彼此不耐烦起来。每一次争执都是对我们所知的可能性的一个中断——很快，我们的生活中就只剩下它们了。最后，时间的确已经所剩无几，而那些记忆犹在，控诉着我们，我们仍然无法放开对方，独自生活。

"看过巨石墓以后的第二天早晨，我明白了一件事情：我有勇气，肉体上的勇气，我可以独自生活。这对一个女人来说是一个重大的发现，或者至少在我所处的那个年代里是这样。或许这也是一个命中注定的发现，一个灾难性的发现。我现在不太确定，自己是不是应该像当时那样独自生活。剩下的话就更难说出口了，尤其是对一个像你这样的怀疑论者而言。"

我正想抗议，但她挥了挥手，示意我平静。

"无论如何，我还是要再把它说出来。我已经累了。你很快就要离开这里。而我也想再把那个梦重温一遍。我要保证你把它们如实地记录下来。"

她犹豫了一下，为下午的最后一场谈话积蓄力量。

"我知道，大家都以为我太小题大做了——不过是一个年轻的女孩被乡间小路上的一对野狗吓坏了而已。但你等待着，直到你开始明白自己人生的意义，那时你要么发现自己已经太老太懒、不能去闯荡了，要么就会像我那样挑出其中的某一事件，从一些可以解释的平常经历中找出一种表达方法，不然你就会遗忘它——一场冲突，一次心灵的转变，一份新的理解。我并不是说，这些动物表里不一。不管伯纳德说过什么，我其实并不相信它们是撒旦的同类、地狱守护犬或者上帝的神谕，或者是他告诉别人我所相信的任何东西。但在这个故事里，有一面是他不会愿意去详谈的。下次你见到他，让他告诉你，关于那两条狗，圣莫里斯的村长都告诉了我们些什么。他会记得的。那是一个漫长的午后，在椴树旅舍的露台上。我没有神化这些动物。我利用了它们。它们解放了我。我发现了一些东西。"

她将手越过被单朝我伸过来。我实在不大情愿伸出手去握住她。一股记者般的冲动、一种奇怪的中立念头阻止了我。就在她接着讲下去、而我继续用速记飞快地把她的话记录下来的那阵工夫，我感觉自己身体失重，大脑空空荡荡，在陈腐与深刻这两极的不确定性之间悬浮不定。我不知道我到底是在听哪一个。我很尴尬，便弓起身，专注于笔记，这样我就可以不用直视她的眼睛。

"我遇见了邪恶，发现了上帝。我把它称为我的发现，但当然，这并不是新的发现，而且也不是我独有的发现。每个人都需要为自己完成这个发现。人们用不同的语言来描述它。我猜想，世界上所有伟大的宗教，都是源于某个人受到启发而触碰到了精神上的现实，然后想让这种知识永葆活力。这种知识的绝大部分精华都在条规、习俗和对权利的沉溺中遗失了，这就是宗教的状况。最后，尽管这本质的真理，这些我们内在无尽的资源，这种追求更高境界的潜能，这种美德，一旦被抓住，你再怎么去描述它就都没有多大关系了……"

我以前曾经听过这种说法，形式不同而已，它来自一个崇尚精神生活的校长、一个政见不同的牧师和一个从印度回来的前女友，还有一些来自加利福尼亚的专业人员和头脑发昏的嬉皮士们。她看到我在椅子上已经有些坐不住了，但她意犹未尽。

"叫它上帝，或者爱的灵魂、自我、基督或者自然的法则。我那天所见到的，而且自从那天经常见到的，是一个环绕在我躯体四周的彩色光晕。但那个外形是不重要的，真正重要的是建立它与中心的联系，与那个内在的灵魂的联系，然后将这个内在的东西扩展深化。然后再将它带出

55

来，带给他人。这是一种爱的治愈力量……"

每当想起接下来发生的事，我仍然会感到心痛。我再也忍不住了，我的不适是如此强烈，我无法忍受再听到更多这样的话。也许是多年孤独的岁月滋养了我的怀疑态度，使我对那些让我去爱、去进步、去放弃那种以自我为中心的核心价值观，然后看它在博爱与美德的暖流中消融的响亮号召产生了抵触。这种谈话会让我脸红，我见到这样说话的人就会不由得退缩。我不明白，我也不相信。

我嘴里咕哝着，借口自己腿部抽筋，同时站起身来，可是动作太快了。我的椅子向后翻倒，"啪"的一下撞在了橱柜上，响声很重。倒是我自己被吓了一跳。我开始为这意外打断向琼道歉，而她定定地看着我，稍稍有点被逗乐了。

她说："我知道，这些话听着累人，我也累了。下次可能会更好些，如果我能让你明白我的意思的话。下次……"她没有力量来撼动我的怀疑。下午的谈话已临近尾声。

我再次试着想为自己的无礼举动道歉，但她却先开口了。她的口气听上去很轻描淡写，但这也可能是因为她刚才受到冒犯的缘故。

"你走之前可以冲洗下那些茶杯吗？谢谢，杰里米。"

当我站在水池前背对着她时，我听到她发出一声叹息，在床上缩得更深了。窗外，树枝依旧在风中摇摆。我感到了瞬间的愉悦，自己马上又要回到外面的世界里去了，让这股西风把我吹回伦敦，让我回到现在，走出她的过去。当我擦干这些杯子和茶托并把它们放回架子上时，我想为我刚才无礼的举动构思一句更好的道歉语。灵魂，来世，一个充满意义的世界：正是这种让人满心愉悦的信仰所给予的慰藉令我痛苦；信仰与自身利益密不可分。我怎么能告诉她这些呢？

当我回过身来又转向她时，她闭着双眼，有节律地浅浅呼吸着。但她还没有睡着。我在床边收拾包的时候，她闭着眼低声说："我想重温那场梦。"

它记录在我的笔记本里，那段睡前不变的短梦已经缠绕了她四十年：两只狗沿着小径跑进了峡谷，大的那只身后留下一串血迹，在白石上清晰可见。琼知道附近那座村子的村长没有派人去追踪它们。它们奔进了高崖的阴影之中，跳入灌木丛里，然后又在另一边的高处出现。她又一次看到了它们，它们穿过峡谷，冲向深山，虽然早已离她远去，但就是在这个时候，她的心中依然充满了恐惧；她知道，它们还会回来。

我让她放心，说："我已经把它记下来了。"

"你要记住，这个梦总是在我半睡半醒的时候到来。我真的看见它们了，杰里米。"

"我不会忘记的。"

她点点头，眼睛依然闭着。"你能把自己送出去吗？"

这几乎是一个玩笑，一个无力的反讽。我俯向她，吻了她的脸颊，轻声在她耳边说："我想我可以。"然后我轻轻穿过她的房间，走出房门，来到走廊里，站在那块红黄相间、带着旋纹的地毯上，一边像以前离开她时所做的那样，心想：这也许是我最后一次来看她了。

果然如此。

四周后，她去世了，"在睡梦中安详地走了"——给詹妮打来电话的那位老护士这样说。我们不相信这些话，但我们也不想去怀疑什么。

她被安葬在切斯特纳·里奇疗养院附近那座村庄的教堂墓地里。我们开车过去，带着我们的孩子们和两个外甥，还有伯纳德。这段旅程让人很不舒服。天气很热，车里很拥挤，并且公路在施工，造成了严重的堵车。伯纳德坐在前座，一路默默无语。有时，他用手捂住脸。大部分时间里，他凝望前方。他看上去不像在哭的样子。詹妮坐在后座里，把婴儿抱在腿上。她的身边，孩子们讨论着死亡。我们坐在车里，无助地听着，无法转移孩子们的话题。我们四岁的亚历山大，在知道我们要将他深爱的外婆装在一个木盒子中，放进地下的一个洞里并用泥土掩埋的时候，惊骇不已。

"她不喜欢那样。"他自信满满地说。

他七岁的表哥哈利道出了真相："她死了，傻瓜。冷冰冰地死掉了。她什么也不知道。"

"她什么时候回来？"

"永远不回来了。你死了以后就永远都不回来了。"

"但她什么时候回来？"

"永远永远永远不回来了！她现在在天堂里，傻瓜。"

"她什么时候回来？外公？什么时候，外公？"

在这样一个偏僻的地方，还有这么多的人来参加葬礼，着实让人宽慰不少。从诺曼教堂延伸过来的道路两边，在草坪边缘的斜坡上，停放着数十辆汽车，从它们滚烫的车顶上可以看见空气在波动。我也只是最近才开始经常参加葬礼，是我的三个朋友，他们都死于艾滋病，我特意去参加的。如今我已经对国教葬礼的仪式很熟悉了，比在电影里看到的还要熟。在我零碎的记忆里，我记得，在一段精彩的人生回顾、著作介绍和在结束时那令人浑身警醒、沐浴在生命不息的氛围中的抑扬顿挫话语之后，牧师在坟墓边的献词，就像莎士比亚的一段演说那样伟大。我看着伯纳德，他站在教区牧师的右边，双手在身侧僵直地垂着，朝前凝视，就像他在车里时那样，完全控制着自己。

仪式结束后，我看见他从琼的老朋友们中抽身，在墓碑中间彷徨，时不时停下来读一读眼前的碑文，然后走向一棵紫杉树。他站在树的阴影下，双肘撑在墓地的墙上。我正要走上前去，用自己临时准备的几句笨拙的话去安慰他，这时，我听到他朝墙外呼唤着琼的名字。我走近他，看见他正在抽泣。他在阴影下哭泣着，那又高又瘦的身体向前倾，然后又挺直，上下抽动。我转过身，一边为我的打扰而感到歉疚，一边急急匆匆地往回走，经过两个正在为坟墓填土的人，想要赶上正在喋喋不休的人群。在这夏日的空气里，随着队伍从墓地中蜿蜒而出，沿着道路，经过停放的车辆，朝一片未曾修剪的草地的入口行进，人们的悲伤逐渐消散了。在那片草地的中央，立着一顶奶油色的大帐篷，因为天热，它的侧面都被卷了起来。在我身后，教堂司事正在铲起干燥的土地和石块，传来阵阵响声。前方，肯定是琼曾经想象过的图景：孩子们在拉绳内外玩耍，服务员们穿着硬挺的白色夹克，从身后用布帘遮住的支架上取下饮料，而最先到达的客人，一对年轻的夫妇，已经懒洋洋地坐在了茵茵草地上了。

第二部

柏　林

两年多后，在十一月的一天清晨，六点三十分，我醒来时，发现詹妮正睡在我的身旁。她去斯特拉斯堡和布鲁塞尔呆了十天，直到昨天深夜才回来。我们翻过身，迷迷糊糊地抱在一起。小别后的重聚胜似新婚呐。她让我感到既熟悉又陌生——一个人习惯独自入睡是件多么容易的事情。她合着眼，嘴角浮出一丝浅笑，一边把脸贴在我的锁骨下方——似乎随着岁月的流逝，那里已经自然地契合了她的脸形。我们至多还有一个小时（很可能不到一个小时呢），孩子们就会醒来，并发现她回家了——对此他们一定会更加激动不已，因为我曾担心詹妮可能赶不上最后一趟航班，便没有明确地告诉他们妈妈什么时候回来。我的手向下游走，揉捏着她的丰臀。她的手轻抚过我的小腹。我摸索着她小指末端那熟悉的凸起，那里曾有一根畸形的六

65

指，不过在她出生后不久就被切除了。她的手指头，用她母亲的话来说，就和昆虫的腿一样多。几分钟后（或许中途我们还打了会儿盹），我们便开始了甜蜜的交欢，这是婚姻生活的特权与妥协。

我们正在肉体急切的愉悦中逐渐清醒，一起更加激烈地用力扭动，这时，床头柜上的电话响了。我们本应该记着把线拔掉的。我们对视了一眼。在沉默中，我们达成了一致：现在时间还早，这么早打来的电话应该不同寻常，可能是紧急情况。

最可能打电话来的是莎莉。她以前曾经搬过来和我们一起住过两次，但家庭生活的压力实在太大，我们没法留下她。几年前，在二十一岁时，她嫁了一个男人，他给她留下的是虐待的创伤和一个孩子。两年后，由于莎莉的性情过于激烈暴躁，不适合抚养她的小男孩，结果她的孩子被别人领养了。多年来她终于克服了酗酒的恶习，但却又陷进了另一段悲惨可怕的婚姻。现在，她住在曼彻斯特的一家青年旅社里。她的母亲琼已经过世了，莎莉只有从我们身上寻求亲情和支持。她从没向我们要过钱。我始终觉得，自己要对她那不幸的生活负责。这个念头挥之不去。

詹妮正仰面躺着，于是我就倾身去接电话。但来电话的不是莎莉，而是伯纳德，一句话都已经说完一半了。他不是在说话，而是在叽里呱啦地叫唤。我能听到他身后有人正在兴奋地评论着什么，但随即被一声警笛打断了。我试着插嘴，喊着他的名字。他说的第一句我能听清的话是："杰里米，你在听吗？你还在那里吗？"

我感到自己朝他女儿的怀里一缩。开口时我保持着理智的口吻。"伯纳德，你说的话我一个字也没听清。重新来，慢慢说。"

詹妮向我做着手势，示意要从我手上接过话筒。但这时伯纳德又开始了。我摇了摇头，双眼盯住枕头。

"把收音机打开，亲爱的孩子。或者开电视，那样更好。他们正在蜂拥通过。你绝不会相信的……"

"伯纳德，是谁正在通过什么？"

"我刚才告诉你了。他们正在把柏林墙推倒！真叫人难以置信，但我现在就看着这一切发生，东柏林人正在通过……"

我的第一个自私的反应是：他现在没什么要我立即去做的。我没必要现在从床上爬起来，到外面做些有用的事。

我向伯纳德允诺自己会再打给他，然后挂上电话，把这个消息告诉了詹妮。

"太不可思议了。"

"太难以置信了。"

我们尽量不去理会这条新闻的重要性，因为我们还不属于外面的世界，不属于那个人们穿戴整齐、奋力拼搏的群体。一个重要的原则受到了威胁，那就是：我们的私人生活至高无上。于是，我们继续刚才被打断的甜蜜进程。然而，咒语已经被打破了。在卧室里那黎明前的黑暗中，我们可以想象，欢呼雀跃的人群正在汹涌而过。我们的心都飘到了别处。

最后，还是詹妮开口了："我们下楼去看看吧。"

我们穿着睡衣，端着茶水，站在起居室里盯着电视。在这种时候坐着似乎不大合适。穿着尼龙夹克和褐色的牛仔短上衣的东柏林人，推着婴儿车或者牵着孩子们的手，排着纵队，鱼贯穿越查理检查站[1]，无人检查。摄像机上

---

[1] 查理检查站（Checkpoint Charlie）：位于柏林市弗里德里希大街和西莫大街交界处，是冷战时期东西柏林间唯一的官方检查站，1989 年德国统一时与柏林墙一起被拆除。

下左右地来回摇晃着，闯进一个个热烈的拥抱当中。一位妇女泪流满面，一道电视聚光灯打在她的脸上，使她看上去表情可怖，她张开双手，上前想要说些什么，却因为过度激动而哽住了，说不出话来。成群结队的西柏林人欢呼着，善意地拍打每一辆外形滑稽、勇敢地驶向自由的特拉贝特①的车顶篷。一对姐妹紧紧地贴在一起，不愿分开去接受采访。我和詹妮热泪盈眶；而当孩子们跑进来迎接妈妈时，一小幕重逢的短剧和拥抱爱抚在客厅里上演，把一切辛酸悲苦从柏林的欢乐事件中抽走——这一切令詹妮喜极而泣，放声大哭。

　　一个小时以后，伯纳德又来电话了。从他开始叫我"亲爱的孩子"算起，到现在已经有四年了，我怀疑，就是从他加入嘉里克文学俱乐部②之后开始的。詹妮坚持认为，这也就是他从那段称呼"同志"的岁月到现在为止所有的进展。

---

① 特拉贝特（Trabant）：汽车名，1957 年问世，曾经是前东德民众普遍使用的交通工具，作为象征东德时期的一个时代标志。柏林墙倒塌后，很多前东德人曾经驾驶特拉贝特从前东德开往前西德地区。
② 嘉里克文学俱乐部（Garrick's Club）：英国一所著名文学绅士俱乐部，建立于 1831 年，以 18 世纪著名演员大卫·嘉里克（David Garrick）而命名。

"亲爱的孩子，我想到柏林去，越快越好。"

"好主意，"我马上回答。"你应该去。"

"机票就像金沙一样难求。所有人都想去。我已经抢下了两个座位，今天下午的飞机。我得在一个小时内让他们知道。"

"伯纳德，我正要去法国。"

"转一下。现在可是历史性的时刻。"

"我过会儿打给你。"

詹妮在一边挖苦："他得去看看自己犯下的大错被拨乱反正。他需要找人帮他拎行李呢。"

听她这么一说，我已经准备对这趟行程说不了。但在吃早饭时，从我们在厨房水槽边放稳的那台便携式黑白小电视里，发出阵阵欢呼和呐喊声，令我开始感到一种焦躁不安的兴奋，一种在连日的家务生活之后产生的对冒险的渴求。电视里又爆发出一阵小规模的呐喊，我感到自己就像一个被拦在足球决赛赛场看台外的小男孩。历史正在发生，却没有我的份。

孩子们被送到各自的幼儿游戏组和学校后，我又向詹妮提起了这件事。她很高兴回家。她在一个个房间里穿梭，无绳电话总是带在身边，照料着那些在我的看管下已经枯萎了的室内植物。

"去吧。"这就是她的建议。"别听我的，我在嫉妒。不过你走之前，最好把已经开始的事情做完。"

这或许是最佳的一种安排。我重新调整了从柏林和巴黎到蒙彼利埃①的航班，并确认了伯纳德的预订信息。我给我在柏林的朋友君特打电话，问我们能否借用他的公寓。我打电话告诉伯纳德，我将在两点钟坐出租车去接他。我取消了原定的约会，留下指示，收拾行囊。电视上，东柏林人在一家银行外排起了半英里的长队，等着领取他们的一百马克。我和詹妮又回卧室缠绵了一个小时，然后她匆匆忙忙去赴一个约会。我穿着睡衣坐在厨房里，热了一下剩饭，吃了顿早午餐。小电视里，柏林墙又有好几段被打通了。人们从地球的各个角落汇集到柏林。一场盛大的聚会正在筹备中。记者和摄制组已经找不到空余的旅馆房间了。我回到楼上，站在淋浴头下冲澡，刚才的甜蜜交欢让我精神焕发，头脑清醒。我一边用意大利语哼着一段还记

---

① 蒙彼利埃（Montpellier）：法国中南部城市，是朗格多克-鲁西永大区的首府和埃罗省的省会，临地中海，经莱兹河与海相通。

71

得的威尔第的片段，一边庆贺自己拥有如此充实而有趣的人生。

一个半小时后，我让出租车在爱迪生路上等着，自己急匆匆地跑上一段楼梯，来到伯纳德的公寓前。事实上，他正站在打开的房门里面，拿着帽子和大衣，箱子放在脚旁。直到最近，他才开始显露出人老时的那种挑剔态度，对自己不中用的记性的必要谨慎。我拎起他的包（詹妮说对了）。他正要把门拉上，却已经开始皱起眉头，竖起一根食指。

"最后检查一遍。"

我放下包，跟着他进屋去，正好赶上看到他从厨桌里掏出房门钥匙和护照。他把它们举起来给我看，带着一副"我就知道"的表情，好像那个忘了拿东西的人是我，而他应该受到祝贺。

我以前和伯纳德共坐过伦敦的出租车。他的腿几乎碰到了隔窗。车还挂在一挡上，正在发动，伯纳德就已经把手指撮成塔尖状，搭在下巴下面，开始说话了："关键在于……"他的声音没有琼的那种如战时广播般标准清晰的特质；相反，他的调门有点高，并且发音简直过度精确了，里顿·斯特拉奇①可能就是这样说话的，马尔科姆·马格里奇②也是如此，带有某些有教养的威尔士人说话的腔调。如果你不熟悉也不喜欢伯纳德，可能会认为他讲起话来很做作。"关键在于，两德统一是不可阻挡的历史潮流。俄国人会磨刀霍霍，法国佬会振臂欢呼，英国人会'嗯啊'那么一阵子。谁知道美国佬们想干什么，什么最适合他们。不过这些都无所谓。德国终会统一，因为这是两德人民共同的愿望，他们的宪法也作了阐明，没有人能阻止他们。他们会尽快实现统一，不会拖到以后，因为没有哪位总理会蠢到把这样的荣耀留给继任者。而统一将基于西德的体系，因为西德人才是将要为此买单的人。"

他能把自己所有的观点作为既成事实阐述出来，而且他的那份泰然自若也的确会对听众暗中产生影响。我所要做的就是提供另一种观点，不管我自己相不相信它。伯纳德喜欢私人谈话的习惯是在长年的公开辩论中形成的。一场公平的辩论能引导我们逼近真相。在我们驶向希思罗机

① 里顿·斯特拉奇（Lytton Strachey，1880—1932）：英国著名传记作家，与法国的莫洛亚、德国的茨威格同为20世纪传记文学的代表作家。
② 马尔科姆·马格里奇（Malcolm Muggeridge，1903—1990）：英国著名记者、作家。

场的路上，我争辩说，东德人可能会利用附加条款保留他们体系的一些特点，因此要同化他们不是这么容易的事情；另外苏联在东德还部署着数十万计的军队，如果他们愿意的话，当然可以对事态产生影响；此外，在现实中和经济领域内实现两种社会体系的联姻，可能要花上多年的时间。

他满意地点着头。他仍用指尖撑着下巴，正耐心地等我说完，以便可以开始对我的观点展开阐述。他有条不紊地把它们组织了起来：反对东德分离状态的民众力量已经十分强大，势不可挡，就算有些保留东德特征的附加条例存在，人们也不会去注意，等发现时就太晚了，只能看作是东德人的一段怀旧情结罢了；苏联已经失去了控制其东欧卫星国的兴趣，除了军事力量以外，它再也不是一个超级大国了，况且它极其需要西方的善意和德国的钞票；至于德国统一所遇到的现实困难，等这场政治联姻确保了总理在历史书中的地位、让他在几百万心怀感激的新选民的支持下赢得下一次选举的机会之后，就可以着手去解决了。

伯纳德还在继续讲着，似乎没注意到出租车已经在我们的候机楼前停下了。我向前倾身给司机付钱时，他还在针对我的第三个观点进行详细的陈述。司机在座位上转过身子，滑下玻璃车窗听着。他是一个五十多岁的男人，完全秃顶，长着一副橡胶般柔韧、婴儿般稚气的脸蛋和一双闪着蓝色光芒、盯住人不放的大眼睛。

伯纳德讲完后，他插嘴道："对，那然后呢，伙计？德国佬们又要开始作威作福啦。那时候麻烦才开始咧……"

司机刚一开口，伯纳德就畏缩起来，开始摸索他的包。两德统一的后果很可能是下一个辩论的话题，但是伯纳德没有被吸引进去。他连一分钟也没有停下，便尴尬地匆忙下了车。

"你说的稳定在哪里？"司机还在说，"你说的力量平衡在哪里？在东边，俄国正在走下坡路，而所有那些小国家，波兰什么的，都深陷进了债务的狗屎堆里，还有一切……"

"对，对，你说得太对了，这的确叫人担心。"伯纳德说，他已经安全地走在了人行道上。"杰里米，我们可不能错过这班飞机。"

司机摇下了车窗："在西边你有英国，虽然在欧洲算不上有地位不是吗，不能真的算。它还在舔美国的*屁股*呢——请原谅我的嘴巴不太干净。那么还剩下法国佬了。上帝呀，法国佬啊！"

"再见，谢谢你。"伯纳德嘀咕着，他甚至心甘情愿地抓起自己的行李，拖着它们跟跟跄跄甩开了一段距离。我在候机楼的自动门那儿才赶上他。他把包放在我身前的地上，用左手搓揉着右手，说："我真是受不了的哥们的高谈阔论。"

我明白他的意思，但同时我又觉得他对和自己辩论的人过于挑剔。"你失去平易近人的风度了。"

"我从来就没有过，亲爱的孩子。思想才是我所在乎的。"

飞机起飞半小时后，我们从饮料车里点了香槟，为"自由"干杯。接着伯纳德回到了平易近人这个话题上。

"现在琼算是平易近人了。她和每个人都能和睦相处。她甚至会接受那个的哥。对一个最后隐居荒野的人来说，这倒是有点让人惊讶。她是个比我好得多的共产主义者，真的。"

这些天里，一提到琼，我就会感到一丝内疚。自从她于1987年7月去世到现在，对那本来应该由我去撰写的回忆录，我什么也没做，只是把所有的笔记分好类，然后装进了文件盒里。我的工作（我经营一家专门出版教科书的小型出版社），家庭生活，去年的一次搬家——这类平常的借口并不能让我好受些。也许我的法国之旅，在羊圈的生活和那里的一切联系，能让我继续写下去。而且我还想向伯纳德了解一些事情。

"我想琼可不会把这句话当作恭维。"

伯纳德举起手上的有机玻璃高脚杯，让洒满机舱的阳光从香槟里折射出来。"这年头谁会呢？可是有那么一两年，为了这份事业，她真的非常投入和执着。"

"直到威斯河谷。"

他知道我什么时候在探他的话。他向后靠过身去，微笑着，并没有看我。"我们现在是在谈那段生活和那个时代的事情吗？"

"看来我该做点什么了。"

"她有没有告诉你我们的那次争吵？在普罗旺斯，从意大利回来的路上，在我们抵达威斯河谷大概至少一个星期以前。"

"我想她没有提起过。"

"那是在一处火车站的月台上，在一座小镇附近，镇名

77

我不记得了。我们正在等待去阿尔勒①的当地火车。那是一个露天站台，实际上和一个汽车站差不多大小，损坏得很严重。候车室也被烧毁了。天很热，没地方遮阴，也没地方能让人坐下来。我们都累了，而火车还晚点了。我们到这里来也是自讨苦吃。对于我们婚后的第一次争吵来说，这个环境真是再合适不过了。

"有那么一阵子，我离开站在行李旁边的琼，在月台上踱来踱去，就沿着月台的边缘——你知道人们在打发时间时会做些什么。这地方真是一片狼藉。我感觉就像是一桶柏油或是颜料泼溅在了地上。铺路的石头已经被撬走了，野草长得很高，在热浪中枯萎。后面，在铁轨外边，有一丛不知为什么长得十分茂盛的杨梅树。我正欣赏着它，这时我发现，在一片叶子上，有什么东西动了一下。我凑近一看，原来是只蜻蜓，一只红蜻蜓，Sympetrum sanguineum，雄性，红艳无比。这种蜻蜓并不罕见，可这一只却大得出奇，实在是美极了。

---

① 阿尔勒（Ales）：法国南部城市，地处罗讷河三角洲头，有巴黎—尼斯铁路干线经过，并有多条公路相通。

"令我惊喜的是，我合拢双掌上前一扑，居然把它罩在了手里。接着我就沿着月台跑回琼的身边，让她把它接在手中，我则在包里找我的旅行工具箱。我打开工具箱，取出杀虫瓶，叫琼把这只小生物交给我。她仍然合着手掌，就像这样，但是她正带着一种奇怪的惊骇表情看着我。她问，你要做什么？我说，我要把它带回家。她没有走近前。她说，你的意思是你要杀了它。当然了，我说，它多美啊。这时她变得冷漠和理智起来。她说，它很美，所以你要杀了它。你也知道，琼在乡下附近长大，对于杀死像老鼠、耗子、蟑螂、黄蜂等任何碍事的活物来说，她从来没有显露出不安。天气酷热难当，在这个时候开始一场关于昆虫权利的伦理讨论很不合时宜。于是我说，琼，你给我把它拿过来。也许是我的口气太粗暴了。她往后退了半步，我看得出她正准备放生。我说，琼，你知道它对我有多么重要，如果你放了它，我一辈子也不会原谅你。她的内心正在挣扎。我重复了一遍刚才的话，然后她总算朝我走了过来，脸色特别阴沉，把蜻蜓交到我手上，看着我把它放进杀虫瓶里，保管起来。当我把东西放回箱子里的时候，她一言不发。然后，或许是因为她刚才一直在责备自己没有

79

放生，她的愤怒一下子像火山一样猛烈地爆发了。"

饮料车又一次经过，伯纳德迟疑了一下，决定不再点第二杯香槟。

"就像所有最出彩的争吵一样，它很快就从具体扩展到一般层面。我对这可怜的小生物的态度就像我对大多数事物一样，包括对她在内。我内心冷酷，理论至上，傲慢自大。我从未流露过任何情感，还让她自己也无法流露。她感到自己被观察，被分析，就像我的昆虫标本一样。我只对抽象的事物感兴趣。我自称喜欢'造物'（她就是这么说的），但实际上我是想要控制它，将生命从中榨干，给它贴上标签，把它摆在架子上。而我的政治立场又是另外一回事。对我而言，凌乱比不公更加令我烦恼。吸引我的并不是人类之间的兄弟情谊，而是对人类的高效组织和管理。我想要的只是一个用科学理论指导的社会，像军营一样整洁有序。我们站在毒辣辣的日头下面，而她则冲着我喊：你根本不爱工人阶级！你从不和他们说话，你不知道他们的情况。你厌恶他们。你只想让他们像你那该死的虫子一样排列整齐！"

"你说了些什么呢？"

"一开始也没说什么。你知道我讨厌这种场面。我不停地在想，我娶了这么个可爱的姑娘，而她却恨我。多么可怕的错误！接着，因为我得说点什么，我就开始为我自己的爱好辩护。大多数人，我告诉她，都本能地讨厌昆虫世界，而昆虫学家却注意它，研究它的生活方式和生命周期，并且小心地关护它。给昆虫命名，将它们列入各种群和子群，是其中的一个重要部分。如果你学会给世界的一部分命名，你就学会了去热爱它。杀死几只昆虫与这个更大的事实无关。昆虫的数量是庞大的，即使是珍稀品种也是如此。从遗传学上讲，它们都是彼此的克隆体，因此谈论它们中的个体是没有意义的，更不用说去谈论它们的权利了。你又来了，她说，你这根本不是在和我说话，你这是在演讲。就在这时，我真的被激怒了。至于我的政治立场，我接着说，没错，我是喜欢思想，可这有什么害处呢？思想就是用来给人们同意或否定和反驳的。没错，和工人阶级在一起的确让我不舒服，可这不表示我厌恶他们。太荒唐了。如果他们看着我觉得不舒服，我会很理解的。至于我对她的感情，没错，我不是那种激情洋溢的人，但这并不表示我就没有感情。我就是这么被抚养长大的，如果她想知道，那我要

81

说，我对她的爱胜过以前我能够说出口的所有的爱，就是这么回事；如果我对她表露得不够多，哎，那我很抱歉，可是将来要是有必要的话，我会天天对她说我爱她。

"接着，一件非同寻常的事情发生了。确切地说，是两件事情同时发生了。在我说这些话的时候，我们的火车轰隆隆地进了站，喷出团团浓烟与蒸汽。当它停下的时候，琼突然哭了出来，张开双臂搂住我，宣布了她怀孕的消息。刚才在手里抓着一只小昆虫，让她感到自己不仅要为自己身体里的小生命负责，而且要对所有的生命负责，让我杀死那只美丽的蜻蜓真是个可怕的错误。她确信大自然会报复她，孩子将会遭遇可怕的事情。火车缓缓开走了，我们还在月台上紧紧地抱着对方。我高兴地直想在月台上翩翩起舞，可是就像傻瓜一样，我却试图向琼解释达尔文的理论来安慰她，告诉她她那所谓的报复纯粹是无稽之谈，我们的孩子不会出任何事——"

"詹妮。"

"对，当然了。詹妮。"

伯纳德按下头顶的呼叫按钮，告诉乘务员他改变主意了，打算再来点香槟。酒来了，我们举起酒杯，似乎是为了庆祝我妻子的即将诞生。

"这个消息公布以后，我们没法忍受再等待下一列火车，于是我们徒步走进镇里——它实际上和一个大村子差不多大小，我希望我还记得它的名字——我们找到了唯一的一家旅馆，要了二楼的一个破旧的大房间，上面有一个阳台，可以俯视一片小广场。很不错的地方，我们一直想回去看看。琼知道它的名字，可我现在再也想不起来了。我们在那儿待了两天，庆祝我们有了孩子，回顾、审视人生，并且像所有年轻夫妇那样谋划未来。那是一次非常好的和解——我们基本上没有离开那个房间半步。

"可是有一天晚上，琼早早睡熟了，我却难以入眠。我出门绕着广场溜达了一圈，在一间咖啡吧里喝了几杯。你也知道，当你和某个人特别亲密地待上很长时间，然后又孤身一人独处的时候，那时会有什么样的感觉。就仿佛你刚才一直在做梦，现在你醒过来了。我坐在外面，看着人们玩滚球游戏。这天傍晚出奇的热，我第一次有机会好好想想琼在火车站说的那些话。我尽力去想象，如果相信——当真相信——大自然会因为一只昆虫的死而对一个胎儿施展报复，那会是怎样的一种感觉。她对此深信不疑，甚至都到被吓哭的程度了。说实话，我想象不出来。这太不可思议了，我完全不明白……"

"可是伯纳德，当你想碰运气冒险的时候，你就从来没有过那种感觉吗？你从来没有去摸摸木头祈求好运^①吗?"

"那只是个游戏，可以这么说。我们知道那是迷信。这种信仰认为，人生有奖有惩，在我们自己给出的解释下有一层更深刻的含意——都只是些安抚人心的把戏。只有……"

"传记作者们?"

"我要说的是女人。也许我要说的一切就是，当我坐在那个炎热的小广场上喝酒的时候，我开始明白了男人和女人间的一些事情。"

我在想，我那敏感、干练的妻子詹妮，听到这话后会有什么反应。

伯纳德已经喝完了香槟，他正盯着我的酒瓶看，里面还剩一两英寸高的酒没有动过。我把酒递给他，他说："我们就面对现实吧，生理上的差异只不过，只不过是……"

"冰山的一角?"

————————

① 摸木头（touch wood）：源自英国古时一个流传已久的传说，认为用手摸木头可以趋吉避凶。

他笑了。"一个大楔子的薄边。不管怎样，我坐在那儿又喝了一两杯。我知道反复思考人们生气时说的话是件蠢事，可我仍旧思索着她针对我的政治立场说的话，也许，对我们所有人而言，那里面也有几分真理。她以前也说过类似的话。我还记得我那时在想，她不会在党内待太久的。她有自己的想法，既顽固又古怪的想法。

"今天下午，当我从那个的哥身边跑开的时候，所有这一切我都想了起来。如果当时是琼，1946 年的琼，而不是彻底抛弃政治立场的那个琼的话，她说不定会痛快地花上半小时时间和那家伙谈论欧洲政治，把他引上正确的轨道，把他的名字加在寄信名单上，然后，谁知道呢，她说不定还会把他给争取进来。她会准备好错过她的飞机。"

我们端起瓶子和酒杯，给午餐托盘腾出位置。

"无论如何，事已至此，这就是它的价值，生活和时代的另一个产物。她是个比我好得多的共产主义者。可是从她在车站上的爆发中，你能预见到她将来很长的一段人生路程。你能看到她对党的介入的不满，看到后来她那满是哄骗的生活的开始。不管她自己喜欢说些什么，这都肯定不是在那天早晨、在威斯河谷下面突然发生的。"

听到自己的怀疑被抛了回来，我心里有些不是滋味。在给冻面包卷涂黄油的时候，我觉得自己正站在琼的立场上挑拨离间。"不过伯纳德，你又怎么看那只昆虫的报复呢？"

"什么报复？"

"詹妮的第六根手指头！"

"亲爱的孩子，午饭我们喝点什么？"

我们首先去了君特在克罗茨堡区①的公寓。我让伯纳德等在出租车里，自己则拎着行李穿过院子，把它们提到后院房屋的第四层楼梯口上。对门为我们保管钥匙的邻居会点英语，也知道我们是为了柏林墙而来的。

"不好，"她坚持说。"这儿人太多了。商店里，没牛奶，没面包，没水果。地铁里也一样。太多了！"

伯纳德叫司机带我们去勃兰登堡门，但事实证明，这是个错误的决定，而我也开始明白君特邻居的意思了。这

① 克罗茨堡区（Kreuzberg）：德国首都柏林市内的一块街区名，在柏林市中心的南部偏东方向，因土耳其人聚居于此而闻名，有"小伊斯坦布尔"、"土耳其城"之称。

里人山人海，交通极度拥挤。街道平时本来就很繁忙，现在又有许多喷着尾烟的瓦特堡①和特拉贝特，在开进西德的第一夜里就外出观光，新增了不少负担。人行道上挤满了人。不管是西柏林人、东柏林人还是外来人，大家都成了观光客。几帮西德小青年，手里拿着听装啤酒或是瓶装汽酒，高唱着足球歌曲，从我们堵牢的车边经过。在后座的黑暗中，我开始隐约感到一丝遗憾：现在自己还没在羊圈里，在那高高立于圣-普里瓦之上的房子里打扫收拾，准备过冬。即使在一年中的这个时候，温和的夜色里仍可以听到蝉鸣。接着，我想起了伯纳德在飞机上讲的故事，便驱散了这份遗憾，决心要从伯纳德那里尽可能地取得些收获，继续那本回忆录的写作。

　　我们放弃了出租车，决定步行。二十分钟后，我们来到了胜利纪念柱②，在我们前方，宽阔的六月十七日

---

① 瓦特堡（Wartburg）：汽车名，最早出现于1896年。前东德的特拉贝特和瓦特堡汽车曾经被视为发达社会主义时代的里程碑。

② 胜利纪念柱（Victory Monument，Siegessaule）：坐落在蒂尔加藤公园林荫大道中心点的纪念碑，柏林著名地标之一，高达67米、碑顶置有一座金色的胜利女神雕像，是为纪念在普法战争中普鲁士军队击败法军而建立的，其东面是著名的六月十七日大街，顺着大道望去，可看到东西柏林边界纪念的勃兰登堡门和菩提树下大街。

87

大街①一直向勃兰登堡门延伸。有人在路牌上捆了块硬纸板，上面涂着**十一月九日**。数以百计的行人都在朝同一方向涌动。四分之一英里外，勃兰登堡门灯火辉煌地矗立着，看起来显得又小又矮，与它具有的重大国际意义不太相称。在它的底基下面，黑暗看起来正在加宽，愈发浓厚。等我们到达后，我们才发现，原来那是不断聚集的人群。

伯纳德看上去好像有点畏缩。他背着双手，身体前倾，仿佛在顶风前行。人们纷纷超过我们。

"你上次来这里是什么时候，伯纳德？"

"你知道吗，我实际上从来没走过这条街。柏林？66年，在柏林墙建成五周年的时候，曾围绕它举办过一次会议。在那之前，我的上帝！还是在1953年。我们作为英国共产党的一个非正式代表团来这里抗议——不，这话说得太重了——来对东德共产党在镇压起义上所采取的方式表示密切关注。等我们回国以后，有些同志在党内惹起了很大的麻烦。"

---

① 六月十七日大街（June 17 Street）：为纪念1953年东柏林人民反抗镇压事件而得名的一条街道。1953年6月17日，东柏林工人因抗议生活水平下降而举行起义，很快扩展到东德的700个城市，参加抗议的人数达到100万，但起义不久即被苏联军队镇压下去。

两个身着黑色皮夹克和紧身牛仔裤、脚蹬镶银钉长筒牛仔靴的女孩，从我们身边擦过。她们挽着胳膊，十分引人侧目，对此她们没有显出骄傲的姿态，其他人对她们无动于衷，她们也没有在意。她们都把头发染成了黑色，梳成相同的马尾辫状，在身后甩来甩去，令人一下子回想起五十年代，但在我的想象中，那并不是伯纳德的五十年代。他正看着她们走开，稍微皱了下眉，然后弯下腰，在我耳边悄悄地嘀咕起来。他没必要这样做，因为我们身边并没有什么人，而且四周到处都是人们的喧嚣声和脚步声。

"自从她死后，我发觉我自己一直在注意年轻的女孩。当然，都这把年纪了我还这样做是有些悲哀。但我注意的主要是她们的脸而不是身子。我在寻找一丝她的痕迹。这已经变成了习惯。我一直在寻觅：一个手势，一副表情，一些与眼睛或者头发有关的东西，任何能让我对她保持鲜活印象的事物。我在寻找的琼，不是你所知道的那个年老的琼——不然我非把那些老太太们的魂儿都吓飞不可——而是与我结婚的那个年轻姑娘……"

相框里照片上的那个琼。伯纳德把手搭在我的胳膊上。

"还有一件事。在她死后最初的六个月里，有个念头老是在我脑子里打转：她的灵魂一定想与我交流。当然了，有这种想法很正常。悲伤会滋长迷信。"

"用你的科学观念来看，基本不可能。"这个评价轻率得有些刺耳，我后悔把它说出来，但伯纳德却点点头。

"一点儿没错，等我一感到自己坚强了点的时候，我又恢复了理智。但有一段时间里，我不停地在想：如果出于某种不可理解的机缘，这个世界真的就像她所编造出来的那个样子，那么，她肯定会想和我取得联系，告诉我我错了，她是对的——这个世界里有上帝，有永恒的生命，有一个意识的去处。所有那些胡说八道。她会通过一个长得像她的女孩来行事。总有一天，这些姑娘们中的一个会向我走来，给我捎来一条信息。"

"那现在呢？"

"现在这成了习惯。我看一个女孩，审视她，看在她身上有多少琼的影子。刚刚从我们身边经过的那两位姑娘……"

"怎么了？"

"左边的那个。你没看见吗？她的嘴和琼的一样，面颊也有点像。"

"我没看到她的脸。"

伯纳德搭在我胳膊上的手抓得更紧了。"我必须得问你这个问题，因为我一直在惦记它。很久以来我一直想要问你。关于我和她——她是不是讲了些相当私密的内容?"

那段关于伯纳德"尺寸"大小的尴尬回忆，让我支吾起来："当然。她讲了很多你的事情。"

"但都是些什么样的事呢?"

因为没说那件事里所有令人尴尬的细节，我觉得自己多少还是要给伯纳德讲另外一件事情作为补偿。"那个，呃，她告诉了我关于你们第一次……你们之间的第一次。"

"啊。"伯纳德放开了我，把手插进他的口袋里。我们一言不发地走着，他一边思考着这件事。在前方，我们可以看见，沿着六月十七日大街的中段，参差不齐地排着一列媒体车、电视转播车、卫星天线、升降起重机和发电机卡车。在蒂尔加藤花园的树下，德国工人正在拆卸一座相配套的深绿色移动厕所。沿着伯纳德那宽大的下颌，细小的肌肉正在微微颤动。他的声音听上去很冷淡。他快要发火了。

"那你现在打算把这种东西写进去?"

91

"可我甚至还没开始……"

"你有没有想过，要考虑一下我的感受？"

"我一直准备把我写的一切都拿给你看。你知道的。"

"看在上帝的分上！她到底在想些什么，居然会告诉你那种事？"

我们已经走过了第一个卫星天线。一个个空泡沫塑料咖啡杯被一阵轻风推着从暗处滚向我们。伯纳德把其中一只踩扁在脚下。在超过一百码外的勃兰登堡门前，聚集的人群中响起一阵掌声，就像在音乐会上，当演奏用的大钢琴被人抬上舞台、钢琴家还没上场时，听众们所发出的那种愚蠢而善意的鼓掌声。

"听我说，伯纳德，她告诉我的事情并不比那个你们在车站争吵的故事更私密。假如你想知道，那么它主要就是在讲，在那个年代里，一个年轻的女孩向前跨出了多么大胆的一步，来证明她对你是如此迷恋。而事实上，你在那一次表现得很不错。似乎你，呃，对那种事情相当在行——天才，她是这么来形容你的。她告诉我，你是怎么在房间里跳来跳去，在暴雨倾盆的当儿推开窗户，像泰山一样大呼小叫，数以千计的树叶被风刮进来……"

92

一台柴油发电机正在轰鸣，伯纳德不得不大声喊起来才能让我听见。"老天爷啊！不是那个时候！那是在两年以后。那时我们在意大利，住在马西莫老爷子和他那瘦骨嶙峋的太太楼上。他们不想让房子里有任何噪音。我们曾在户外，在田地里，在任何我们能找到的地方亲热。后来有天晚上下了一场非常猛烈的暴雨，我们只好在屋里做了，反正外面风雨那么大，他们也听不到我们。"

"哦。"我开口应了一句。伯纳德的愤怒不由得转到了琼的身上。

"她在搞什么名堂，编出这种故事来？她在搬弄是非，篡改真相，就是这么回事！我们之间的第一次是场灾难，从头到尾都是一场该死的灾难。她还把它改头换面当作是官方版本呢。完全又是来搞这种肆意篡改的伎俩。"

"如果你想把它更正过来的话……"

伯纳德轻蔑地飞快盯了我一眼，然后走得离我更远了些，一边说道：

"写回忆录本来就不是我的主意，去大肆描写别人的性生活，就好像是在讲一场该死的体育比赛似的。你以为到最后人生只剩下这些东西？到处干来干去？性事的成功与

93

失败？一切就只是为了博众人一笑？"

我们正在经过一辆电视直播车。我往车里瞥了一眼，看见在一打左右的监视器上都播着同样的画面——一位记者正对着一只手上拿着的讲稿皱眉，而另一只手则心不在焉地拿着麦克风，在缠绕成圈的连接线上晃悠。人群中传来一阵响亮的叹息，一阵长时间汹涌回荡的不满呻吟，然后慢慢汇聚在一起，变成一种巨大的轰鸣。

伯纳德突然改变了主意。他转过身朝向我。"老天啊，你就是这么想知道。"他叫道，"那我告诉你。我的妻子可能痴迷于诗意的真相，或者精神上的真相，再或者她自己渴望的真相，可她却对真相本身毫不在乎，不在乎事实，不在乎两个人都能各自辨别出来的真相。她先建立模式，创造神话，然后再让事实与它们相符。看在上帝的分上，忘了性吧。你的主题应该是——像琼这样的人是怎么来扭曲事实，使它们与自己的想法相符，而不是让它们去符合事实的。为什么人们要这样做？为什么他们还在一直这样做？"

我对这个明显的回答正犹豫不决，这时，我们已经来到了人群的外围。两三千人聚集在这里，希望能在这最重要、最具有象征意义的时刻，看着柏林墙倒塌。在通向勃兰登堡门的入口前面，横堵着十二英尺高的水泥障碍物，上面立着一排神情紧张的年轻东德士兵，面朝西方。他们的佩枪都插在后腰上，不让人瞧见。一位长官在队列前走来走去，吸着烟，注视着人群。在士兵们的背后，勃兰登堡门的正面光彩夺目地挺立着，德意志民主共和国的旗帜正在上方飘扬。障碍物挡住了人群，人们发出失望的悲叹，对那些把警车停在水泥障碍物前的西德警察表示不满。当我们赶到的时候，有人朝其中一个士兵扔出满满一听啤酒。啤酒罐飞得又高又快，在头顶灯光的照射下形成一道白色的泡沫轨迹。当它飞过士兵头顶时，人群中马上传来反对的喊声和用德语喊出的要求非暴力的口号。声音传播开去，这让我察觉到连树上也爬满了人。

在人群中挤出一条路冲到前面去并不困难。现在我们就在人群中间了，他们比我想象中的更文明，成分也更复杂。小孩子们骑在父母的肩膀上，就和伯纳德一样能看得清清楚楚。两个学生在出售气球和冰淇淋。一位戴着墨镜的老人挂着白色拐杖直立着，头颅高高扬起，正在聆听，周围的人给他留出了一个宽敞的空间。当我们来到障碍物前的时候，伯纳德指着正在与东德军官交谈的西德警官说："正在讨论控制群众呢。统一已经走到一半了。"

自从刚才发了脾气以后，伯纳德在态度上变得冷漠起来。他用一种冷冷的、傲慢的眼神环视着周围，与早上兴高采烈的他简直是判若两人。仿佛所有这些人和事都有一定的吸引力，但也仅此而已。

半个小时过去了，很明显，不会发生任何让群众满意的事情。看不到有人驾驶起重机来搬运柏林墙的残体，也没有重型机械来将水泥障碍物推到一边。但伯纳德就是要在这里一直待下去，因此我们就在寒冷的夜里站着。一群人在一起就成了一种迟缓愚蠢的生物，比组成它的任何个体都要笨得多。这群人准备像狗一样耐心地站上整个夜晚，等着看谁都知道不可能发生的事情。我开始感到烦躁。城市里到处举办着欢乐的庆祝活动，而这里只有枯燥的耐心等待和伯纳德如参议员般的镇静。又过了一个小时，我才说服伯纳德和我一起向查理检查站走去。

我们走在柏林墙边的一条泥泞小道上，墙上那些可怕的涂鸦被街灯映成了同一种色调。在我们的右边是废弃的建筑，空荡荡的场地上堆着成捆的线圈和碎砖破瓦，去年夏天里的杂草依然高高直立。我再也忍不住要提出我的问题了。

"但你在党内待了十年，你自己也一定扭曲过非常多的真相，才能做到这一点。"

我想刺激他，让他从那自我满足的冷漠中走出来。但伯纳德耸了耸高大的肩膀，往大衣里缩得更深了一些，说道："当然。"

在柏林墙和一幢废弃的建筑物之间的狭窄过道上，他停下脚步，等着一群喧闹的美国学生从我们身边挤过去。"以赛亚·伯林①关于乌托邦的致命特点的评论，尤其是现在人人都在引用的那些话，是怎么说的来着。他说：假如我清楚地知道如何为人类带来和平、公正、幸福和无尽的创造力，又有什么代价算得上高昂呢？为了实现它，不管要付出多少牺牲品都没有关系。倘若在知道了我所明白的道理之后，我仍不接受用数千人现在的死亡去换取上百万人今后永远的幸福，那么我就不是在履行自己的职责。那时我们所采取的方式几乎不是这样，但在心境上我们确实

---

① 以赛亚·伯林 (Isaiah Berlin, 1909—1997)，英国哲学家和政治思想史家，20世纪最著名的自由主义知识分子之一。

就是如此。假如你为了党内的团结而忽视或篡改一些令人不安的事实，那么从曾经被我们称为资本主义宣传机器的东西里产生的无边无尽的谎言又是什么呢？因此，你坚持着这份美好的事业，这股潮流一直在你身边汹涌起伏。我和琼入党的时间算是晚的，因此从一开始我们所面临的环境就已经有些不妙了。我们不愿听到的消息在慢慢地流传开去。公开审判，三十年代的大清洗肃反运动，农民强制集体化，人口大迁移，劳动改造营，审查制度，谎言，迫害，种族灭绝……最终，你无法承受这些矛盾，你崩溃了。但你总是要慢半拍。我在 56 年退了党，我在 53 年差点就退了出去，但我其实应该在 48 年就走人的。可你还是坚持着。你在想，这些愿望主意都是好的，问题是错误的人在掌权，这种情况会改变的。而且，你又怎么能够让所有这些美好的事业功亏一篑呢？你告诉自己，它注定永远是艰难困苦的，实践和理论还不完全相符，要做好这些都需要时间。你告诉自己，大多数你听到的消息都是冷战造成的诽谤。再说，你怎么可能错得这么离谱呢？那么多智慧、勇敢、满心善意的人们，怎么可能都错了呢？

　　"要不是我曾经接受过科学的训练，我想我可能会在党内待得更久。实验室里的工作比任何事都能让你明白，歪曲事实来迎合理论是一件多么容易的事情。这甚至不是诚不诚实的问题。它存在于我们的本性之中——我们的观念中充斥着我们自己的欲望。一次精心设计的实验可以来防范它，但这一次却早已失控了。幻想与现实撕裂着我。匈牙利事件是最后的底线。我崩溃了。"

他稍微停顿了一下，然后字斟句酌地说："而这就是我和琼之间的区别。她比我早许多年就退党了，却从来没有崩溃，她从未把幻想和现实分开。她只是从一个乌托邦换到了另一个乌托邦而已。政治家或者女牧师，这并不重要，在本质上她是个强硬派……"

就是这些话令我顿时火冒三丈。我们正经过废墟和柏林墙之间那块仍被称作波茨坦广场的地段，成群结队的友人们在观景台的台阶和卖纪念品的凉亭周围聚集，正等待着发生些什么事情，而我们就在他们中间艰难地穿行。令我爆发的不仅仅是伯纳德的评价中那些不公正的话语，还有对交流困难的极度的不耐烦；另外，在我脑海中出现了一幅景象：床上的恋人被一组平行的镜面所遮挡，反射出无限倒退的模样，显得毫不真实。当我猛然转向伯纳德时，手腕撞掉了站在我身旁的一名男子手上某个又软又热的东西。那是一只热狗，但因为我当时太激动了，也就没向他道歉。波茨坦广场上的人们正无聊得慌。当我吼叫起来的时候，他们全把头转向了我们，开始在我们身边围成一个圈。

"放屁，伯纳德！比放屁还臭，太恶毒了！你是个骗子！"

"亲爱的孩子。"

"你从来不听她对你说的话。她也不会去听你的。你们俩是在同一件事上相互指责。你和她都一样强硬。两个蠢货！你们都在把自己的内疚推卸到对方身上。"

我听到身后有人正快速地咕哝着，将我最后的那些话翻译成德语。伯纳德试图拉我离开围观的人群，可我正怒火中烧，不肯就这么走开。

"她对我说过，她一直都爱你，而你也这么说过。你怎么可以浪费这么多时间，别人的时间，还有你的孩子们……？"

就是最后这句没有说完的责备，深深地刺痛了伯纳德，比令他难堪更甚。他嘴唇紧绷，从我身边走开了。突然，我的怒气一下子消失了，随之而来的是不可避免的懊悔。我算什么人物，我有什么资格当着一位高尚的绅士的面，如此专横无礼地对一桩和我的年龄同样长久的婚姻评头论足？围观的人们失去了兴趣，开始慢慢散开，去排队购买瞭望塔的模型，以及印有无人区和死亡地带中的空旷海滨的风景明信片。

我们继续向前走着。我的心里完全乱作一团，不知该如何向他道歉。我唯一的收敛反应是放低了声音，故作通情达理的样子。我们并肩走着，比刚才快了些。伯纳德面无表情，这说明他的内心的情感正在汹涌澎湃。

我说："她并不是从一个幻想的乌托邦转向另一个乌托邦。这是一种探寻。她没有声称自己找到了所有的答案。这是一种追求，她希望每个人都能用自己的方式去进行，可是她并没有强迫任何人。她怎么会呢？她又不是在搞宗教裁判。她对教义教条和有组织的宗教毫无兴趣。这是一段精神之旅。以赛亚·伯林的描述在这里不适用。她绝对不会为了某个终极目标而牺牲他人。没有人需要成为牺牲品……"

即将到来的辩论让伯纳德恢复了精神。他反击了，我马上感到自己被他原谅了："你错了，亲爱的孩子，大错特错。把她的所作所为称作探寻，也不能改变事实的真相，她就是那种极端主义者的脾气。要么你认同她，和她行动一致，要么你便得从她的生活中滚出去。她要去冥想、钻研神秘的论题，那样一类玩意儿，那好啊，可是那不适合我呀。我选择加入了工党。她容不得这样，最后便坚持要和我分居。我就是她的牺牲品之一。我的孩子们也是。"

伯纳德说着这些话的时候，我一直在考虑接下来该怎么办，试图让他对自己那已经离世的妻子态度缓和下来。

于是，当他说完后，我摊开双手，表示自己接受他的话。我说："那么，她去世后，你又怀念她什么地方呢？"

我们已经沿着柏林墙来到了这样一处地方，在这里，由于制图标示和某些被久已遗忘的政治上的执拗观点，扇形边界的走向被强行扭曲，仅仅几码之后又折了回来。紧挨着墙边，有一座被人遗弃的观景台。伯纳德没有说话，开始攀登台阶，我紧随其后。在观景台顶部，他用手一指。

"看。"

毫无疑问，与我们对面相望的监视塔已经被遗弃了。下方，在荧光灯的照射下，有数十只兔子正在那片被人耙过、掩埋着地雷、诡雷和自动火炮的沙地上平静地跳动着，寻觅可以嚼食的草穗。

"瞧，兴旺起来了呢。"

"它们的好日子也快到头了。"

我们静静地站了一会儿，目光转回柏林墙的方向。实际上柏林墙有两道，在我们这一处地方，两道墙相隔有一百五十码的距离。以前我从未在夜里造访边界。当我朝下注视这条布满铁丝网、沙地、巡逻通道和两边对称的探照灯的宽阔走廊时，我为如此纯洁的光亮和这般无耻的羞辱感到震惊：通常，政府都会巧妙地掩饰其残暴统治，而这里却比库弗斯坦达姆大街①上的任何一盏霓虹灯下的景象都要更加阴惨可怖。

"乌托邦。"

伯纳德叹了口气。他本来好像正要打算回话，这时，我们听到说话声和笑声从各个方向传来。接着，看台随着人们跺脚攀登木头台阶的脚步而开始颤抖起来。刚才我们

---

① 库弗斯坦达姆大街（Kurfurstendamm）：德国柏林市内的一条著名商业街，经过查洛特伯格区（Charlottenburg）和威莫斯道夫区（Wimers-dorf），也是威廉大帝（Kaiser Wilhelm）纪念堂的所在地。

俩的静心独处仅仅是碰上了好运气，刚好插在了人缝里。不出几秒钟，我们周围就挤上来十五个人，他们狂拍照片，操着德语、日语和丹麦语兴奋地叫喊着。我们逆着人群涌动的方向挤下台阶，继续走我们的路。

我以为伯纳德已经忘记了我刚才的问题，或者故意不愿回答。然而，当我们走到沿旧国会大厦的台阶并行延伸的小路前时，他说："我最怀念的是她的认真。在我认识的人里，只有几个像她这样，将人生视为一项工程，一份事业，由她自己去控制，去让自己通向——呃，用她自己的话来说——彻悟，智慧。我们大多数人都将未来定格在金钱、事业、子女这样一类事情上。而琼想要理解——天晓得啊——自我，存在，'造物'。她认为我们其他人的生活是在随波逐流，漫无目的地做着一件又一件事情，就像她说过的，是在'梦游'，所以她对我们非常不耐烦。我讨厌她满脑子的这些荒唐念头，不过我喜爱她的这份认真。"

我们来到了一个巨大的坑洞的边缘，这是一道六十英尺长、深度处于地下室位置上的壕沟，四处堆着许多土块。伯纳德停下脚步，补充道："这些年来，我们不是吵架，就是漠视对方的存在。但你是对的，她的确是爱我的，而当这些话是从你嘴里说出来的时候……"他朝大坑做了个手势。"我一直在读这方面的资料。这里以前是盖世太保①的总部。他们正在发掘这里，研究过去的历史。我不知道在我这一代人里有谁能够接受这一事实——盖世太保的滔天罪行正在被考古学所淡化。"

现在我看出来了：这道壕沟肯定是沿着以前的一条走廊通道挖掘的，通道伸向一组镶着白瓷砖的囚室，而我们正在低头往里看。每个囚室刚好只能容下一名囚犯，墙上都嵌有两个铁环。在遗址的远处彼端是一栋低矮的建筑，博物馆。

伯纳德说："他们会找到一片从某个可怜的家伙手上拔下的指甲，把它洗干净，装进玻璃瓶里，贴上标签。离这儿半英里远的地方，史塔西②恐怕也在清理他们自己的囚

---

① 盖世太保（Gestapo）：德语 "德国秘密警察"（Geheime Staatspolizei）的缩写 Gestapo 的音译。盖世太保由党卫军控制，在成立之初是一个秘密警察组织，后加入大量党卫军成员，一起实施 "最终解决方案"，屠杀无辜。随着纳粹政权的需要，盖世太保发展成为无所不在、无所不为的恐怖统治机构，纳粹通过盖世太保来实现对德国及被占领国家的控制。

② 史塔西（Stasi）：Staatssicherheit 的缩写，正式名称为 Ministerium für Staatssicherheit（国家安全部），1950 年 2 月 8 日成立。成立宗旨是担任德意志民主共和国的政治警察，负责搜集情报、监听监视、反情报等业务。

室吧。"他声音中透出的痛苦令我吃了一惊，我转过身去看他。他倾身把躯体撑在一根铁柱上。他看上去很疲惫，比以往任何时候都要瘦，就好像在他的大衣里裹着的也是一根铁柱。他已经走了将近三个小时，而现在，对一场只有风烛残年的老人才能亲身记忆的战争所余留的愤怒之情，又进一步消耗着他的体力。

"你需要歇一下，"我说。"附近就有家咖啡馆，在查理检查站旁边。"

我自己也不清楚它到底有多远。当我带伯纳德离开时，我发觉他的脚步是那么的僵硬和迟缓。我暗自责备自己的考虑不周。我们正在穿过一条被柏林墙挡住、成了死胡同的道路。路灯下，伯纳德汗水淋漓，面色发灰，两眼看上去分外明亮。那张大大的下巴——在他宽大的脸上显得最为和善的部分——正在微微颤抖。我感到左右为难，既想催促他走快些，以便可以尽早暖和地吃点东西，同时又担心这样他反而可能会一下子垮掉。我不知道在西柏林怎么呼叫救护车，而且在这荒凉的边界地段没有电话可打，甚至连德国人自己都成了游客。我问他是否需要先坐下休息一会儿，可他似乎没有听到我的话。

我正重复着刚才的问题，这时，我听到了一下汽车喇叭的鸣响和一阵参差不齐的欢呼。在我们前方，一座被遗弃的建筑物后面，查理检查站灯火通明，投射出一圈乳白色的光晕。几分钟后，我们出现在了咖啡馆旁边，在我们眼前的是一幅梦幻般的缓慢画面。这场景很熟悉，我和詹妮在今天早晨的电视上见过：哨所的边界设施，写有多国语言的标示牌和涂上相间条纹的大门；祝福的人群仍然在向东德行人致以问候，仍然在拍打着特拉贝特的车顶篷，不过激情已经减退了，好像是在展现电视画面与现实生活之间的差距。

我们停下脚步，我扶着伯纳德的胳膊，把这幅场景尽收眼底。接着，我们挤进咖啡馆前的人群，向入口走去。然而，被我们超过的人们其实也是在门口排队，只有室内有了空位以后，咖啡馆才会让外面的人进去。可是在夜里的这个时候，谁会愿意放弃这里的一席之地呢？透过凝结着水汽图案的窗玻璃，我们可以看见，屋里的人们正安然享受着优越待遇，沉浸在闷浊的空气里。

我刚要挤进去，寻求必要的医疗援助，这时，伯纳德挣脱了我的手，急匆匆地从我身边离开，穿过马路，向美军哨所旁边的安全岛走去，大部分人都站在那里。在此之前，我还没看见他已经看到的情景。事后他坚称，在我们刚刚到达的时候，所有情况就已经很明显了。但直到我叫唤着他的名字、追在他身后时，我才看到了那面红旗。红旗系在一根短杆上（也许是一段锯下来的笤帚把），被一个二十来岁的纤瘦男子举在手里。他看上去像土耳其人。他长着黑色的鬈发，穿得一身黑色——一件黑色的对襟夹克，里面是黑色 T 恤，下身是黑色牛仔裤。他向后高昂着头，在人群前来回踱步，杆上的红旗斜向他的肩膀。当他踱回去的时候，他拦住了一辆瓦特堡，拒绝让开，汽车不得不绕过他行驶。

挑衅已经开始要奏效了，而正是这件事吸引着伯纳德朝道路走去。与那年轻人敌对的是一群各式各样混杂的人，不过我最先看到的，是两个正好站在路边、西装革履的男人——不知他们是商务人员还是律师。当年轻人经过时，这两个人中的一个轻打了一下他的下巴。那不是真的动粗，而是在表示自己的蔑视。这位浪漫的革命者猛然走开，装作一副若无其事的样子。一位戴着裘皮帽子的老妇人尖叫着向他喊出长长的一句话，然后举起一把雨伞。她身边站着的男士阻止了她。年轻人将旗帜举得更高。第二个律师模样的人上前一步，挥拳击向年轻人的耳朵。虽然这一拳没有打正，不过足以让年轻人打了个趔趄。他高傲地不去碰自己被拳头击中的半侧脑袋，继续他的游行。这时伯纳德正穿行到路的中间，我紧随其后。

在我看来，那个旗手爱招惹什么都行，他是在自讨苦吃。我所担心的是伯纳德。他的左膝好像不太灵便，可他还是一瘸一拐地快步走在我的前面。他已经预见到接下来要发生什么样的丑陋事情了。一队人马正从科希大街方向跑来，他们一共有六个人，一路跑一路呼应叫喊着什么。我听到他们喊的那些话了，不过当时我没有在意。我更愿意相信，是这个沉浸在欢乐中的城市里的漫漫长夜让他们闷得发慌，急于找点什么乐子。他们看到有人在头上挨了一记拳头，于是便来了兴致。他们的年龄在十六岁到二十岁之间，全都脸色苍白，长着粉刺，脑袋剃得精光，耷拉着嘴角垂下涎水。他们身上都散发出一股不够成熟的邪恶气息，显得格外潦倒的样子。土耳其人看见他们冲他奔来，像探戈舞者那样晃着脑袋，转过身去。在这共产主义最终风光扫地的日子里出来做这种事，所展示的若不是殉道者

109

的狂热，便是一个不可思议的受虐狂渴望被人当众痛扁的欲望。的确，大多数人都会像碰到一个怪人那样，对他不加理睬。毕竟，柏林是一座宽容的城市。可是今夜却有着足够的放纵，一些人模模糊糊地感到，需要找某个人来为某些事情承担罪责——于是，这个举着红旗的人看来就成了他们集中发泄的对象。

我赶上了伯纳德，将手搭在他的胳膊上。"别管这闲事，伯纳德。你会受伤的。"

"胡说。"他从我的手中挣脱出去。

我们比那群孩子们抢先几秒钟来到年轻人身边。他身上散发着浓郁的广藿香的味道，在我看来，这不是真正的马列主义思想的味道。无疑，他是个冒牌货。我刚把"算啦！"说出口，一边还在拉着伯纳德的胳膊，那群人便来到了我们眼前。伯纳德挡在这群孩子们和他们的牺牲品之间，张开手臂。

"慢着！"他用那种老式的、像英国巡捕般语重心长的声音说道。他是否真的以为自己因为年事过高、太高太瘦、太德高望重，就不会为此而挨打呢？那群孩子们突然顿住，聚成一伙，喘着粗气，耷拉着脑袋和舌头，不解地看着眼前这瘦高个的老头儿像个稻草人一样挡住他们的去路。我看见其中有两个人在翻领上别着银色的卐字徽章，还有一个家伙在指节上也纹上了卐字图案。我不敢回头去看后面，不过当时我隐隐感到，那个土耳其人趁机卷起旗帜，悄悄地溜走了。那两个律师模样的人惊讶于他们的暴力所导致的后果，已经退到了人群中间，当起了看客。

我环顾四周，想寻求帮助。一个美国警官和两个士兵背对着我们，正要去和他们的东德同行们商量些什么。而在孩子们这边，不解已经化作愤怒。突然，他们中的两个人奔跑着绕过伯纳德，可是那个旗手早已挤到了人群后面，现在正沿着道路狂奔。他转过街角跑进了科希大街，消失不见了。

那两个孩子心不在焉地追了几步，然后又回到了我们周围。看来伯纳德要替那人受罪了。

"现在你们走吧。"他大声说，一边扇着两只手背要驱散他们。这些带有卐字标志的孩子竟然也是德国人——我不知道这一点是叫人更加能够理解，还是会感到愈发可恶。就在这时，他们中间那个个子最小、尖头尖脑、一身皮夹克的臭小子，突然跑上前来，一脚踢在伯纳德的胫骨上。

我听到了靴子砰然踢上骨头的声响。伯纳德惊讶地轻轻叹息了一声，身体蜷曲着倒在人行道上。

人群中发出一声不满的叹息，可是没一个人动弹。我大步上前，挥拳朝那个男孩打去，但没有击中。不过他和他的朋友们却对我不感兴趣。他们聚在伯纳德四周，我想是准备要把他踢死。我最后朝哨所那边瞥了一眼，看不到那名警官或者士兵的踪影。我揪起其中一个男孩的衣领，把他甩到一边，又向另一个人冲去。他们人数太多了。我看到两只，或者是三只皮靴同时甩向后方，做出了要用力踢出的架势。

然而他们没有出脚。一瞬之间他们都僵在了那里，因为就在这时，人群中跳出了一个身影，飞快地在我们身边打转，断断续续地用尖刻的话语责骂着男孩们。那是一位怒发冲冠的年轻女子。她的威力震慑了整条大街。她赢得了大家的信服。她是个同龄人，是渴望与抱负的对象。她是一位明星，而且她正好撞见了他们的卑鄙丑行，就连他们自己也不得不这么承认。

她对他们的厌恶表现得性感十足。他们自以为是男子汉，而她却令他们原形毕露，重新变回了淘气的小屁孩。

在她的面前后退畏缩败下阵来，这会丢尽他们的脸面，让他们没法承受。不过，现在他们的确就是这么做的，尽管在表面上他们还是装作嬉皮笑脸，缩背耸肩，在心里朝她大肆辱骂。他们互相假装着突然都厌倦了，别处还有更有意思的事情可做。他们开始朝科希大街走回去，然而那个女人依然没有停止她的责骂。他们心里一定想着赶紧跑掉，但为了看上去显得不失态，他们不得不装出大摇大摆的样子离开。当她沿街一直追着他们、大吼着挥舞拳头的时候，他们只好忍气吞声，将大拇指钩在牛仔裤口袋边儿上。

我把伯纳德扶起来。那个年轻女子走回来探询伯纳德的状况，而她那位与她相同打扮的朋友也出现在她的身边。直到这时，我才认出她们俩就是刚才在六月十七日大街上与我们擦身而过的那两个姑娘。我们一起架着伯纳德，他慢慢试着用单腿支撑身体。骨头看上去没有断。他把胳膊架在我的肩膀上，我们拖着步子离开了查理检查站。人群里有人向伯纳德鼓起掌来。

我们花了好几分钟才走到大街的拐角处，希望能找到一辆出租车。在这期间，我迫不及待地想让伯纳德确认他的救星的身份。我问了她的名字——她叫格蕾特——然后向他重复一遍。他正专注于腿上的疼痛，别的都没有太注意，另外他还可能正处在轻微的震惊之中难以自拔。可是我究竟坚持对什么感兴趣呢？扰乱他心中的理性？抑或是我心中的？

最后，伯纳德向那个姑娘的方向抬起手，同她握了握，说："格蕾特，谢谢你，亲爱的。你救了我。"但在说话时伯纳德并没有去看她。

在科希大街上，我想我也许会有时间向格蕾特（还有她的朋友黛安）问问她们自己的情况。可是我们刚到街角，就看见恰好有辆出租车在下乘客，于是我们叫了这辆车。接下来的一切发生得十分快，我们扶伯纳德上了车，我们向她们告别并一再道谢。在此期间，我希望伯纳德能最后朝他的守护天使、琼的化身看上一眼。我透过后车窗向姑娘们挥手，目送她们离开。在告诉司机开往哪里之前，我对伯纳德说道："你没认出她们来吗？她们就是我们在勃兰登堡门旁边看到的那两个姑娘，那时你告诉我过去你曾经很期望得到一条讯息，从……"

伯纳德正在调整头部的姿势。他仰起身来，把头搭在靠垫上，用一声叹息打断了我的话。面朝着离鼻端只有几英寸远的车顶篷衬垫，他不耐烦地说道："是的。我想，这实在是非常巧合。现在看在上帝的分上，杰里米，送我回家吧!"

第三部

马伊达内克，列-萨勒赛，

圣莫里斯-纳瓦塞勒，1989 年

第二天，伯纳德一直呆在克罗兹堡区的公寓里，没有出去。他躺在小卧室里的沙发上，面色阴郁，只管盯着电视，一言不发。君特的一位医生朋友前来为他那条受伤的腿作了检查。虽然似乎没有什么大碍，但他还是建议伯纳德在伦敦拍个 X 光片。临近中午时，我出去溜达了一会儿。街道上一片狼藉，脚下到处是啤酒罐和摔碎的瓶子，热狗摊位周围扔满了沾着芥末酱和番茄酱的纸餐巾。下午，趁伯纳德在睡觉，我读了些报纸，并把我们前一天的对话记录了下来。到了晚上他还是不想说话，于是我又出去逛了一圈，还在本地的一家小酒吧里喝了点啤酒。节日的庆典又开始了，但我已经看得够多了。一个小时内，我回到了公寓。十点半时，我们俩都睡着了。

伯纳德第二天早上飞往伦敦的航班，比我途经法兰克福①和巴黎飞往蒙彼利埃②的航班只早一个小时。我已经安排了詹妮的一个弟弟去希思罗机场接他。伯纳德显得精神了一些。他撑着一根借来的拐杖（它看上去十分适合他），蹒跚着穿过泰格尔机场③的候机楼大厅，用拐杖招呼来一个机场工作人员，提醒他不要忘记自己预订过的轮椅。对方向他保证，轮椅会在机场登机口那里等候他。

当我们朝登机口方向走去时，我说："伯纳德，我想问你一些关于琼的狗的事——"

他打断了我的话。"关于那段生活和那个时代？那我就告诉你，你大可以把那些有关'与邪恶相遇'的胡说八道统统忘掉。全是些宗教的套话。不过，你要知道，是我告诉她丘吉尔的黑狗的故事的。你还记得吗？他时常受到抑郁症的困扰，便给它起了这么个名字。我想他是从塞缪尔·约翰逊的书里找到这句措辞的。所以琼的观点是，如果一条狗代表了个人的抑郁，那么两条狗就是一种文化的

① 法兰克福（Frankfurt）：位于中部莱茵河的支流美因河下游两岸，是德国重要工商业、金融和交通中心，黑森州最大城市。
② 蒙彼利埃（Montpellier）：法兰西共和国埃罗省省会，位于法国南部地中海畔，北距巴黎746公里，是郎格多克地区的经济和文化教育中心。
③ 泰格尔机场（Tegel airport）：德国首都柏林目前最大和最重要的国际机场。

120

抑郁，对文明而言，这是最为可怕的心态。说真的，这主意不坏。我也经常使用这种方法。在查理检查站时我想起了它。你知道，事情并不是因为他的那面红旗引起的。我想他们甚至根本就没看见那面旗。他们当时喊的话你听到了吗？"

"Ausländer 'raus."

"外国佬滚出去。柏林墙倒了，大家都在街上载歌载舞，可迟早……"

我们已经到了登机口。一个穿着镶缀着饰带的制服的男人把轮椅推到伯纳德的身后，伯纳德叹了口气，坐进了轮椅里。

"但那不是我要问你的问题。"我说。"我昨天在看自己以前留下的笔记。我上一次见到琼的时候，她要我问你，关于那两条狗，圣莫里斯-纳瓦塞勒的村长都说了些什么，那天下午你们正在小餐馆里吃午饭……"

"椴树旅舍？那些狗是被训练用来干什么的？这个例子真是再恰当不过了。村长的故事根本就是假的。或者至少我们没法知道这一点。但是琼选择相信了它，因为它非常符合她的理论。一个歪曲事实来迎合主观意愿的绝好

121

例子。"

我把伯纳德的包递给乘务员，他把包放到轮椅后面装好，然后站起身来，将手放在推轮椅的位置上，等待我们结束谈话。伯纳德朝后靠过身去，把拐杖横放在大腿上。我的岳父居然能对他现在的衰弱状态泰然处之，这让我感到困惑不安。

"可是伯纳德，"我问，"那个故事是什么？他说那些狗是被训练用来干什么的?"

伯纳德摇了摇头。"下次再说吧。亲爱的孩子，谢谢你能过来陪我。"然后他举起橡皮头的拐杖，一是向我致意，另外也是给乘务员一个信号。乘务员简单地向我点了点头，就推着他的乘客离开了。

我的心里非常焦躁不安，所以没利用好那一个小时的等待时间。我在一家酒吧外徘徊，犹豫着要不要再来最后一杯咖啡，享用最后一样德国食品。我在书店里四处浏览，最终却连一份报纸也没买，因为在前一天里，我已经花了三个小时的时间把它们都翻了个遍。我还有二十分钟时间，够我在候机楼里再慢慢溜达上一圈的。通常，当我在一座外国机场里等候转机，而且目的地不是英国的时候，我会抬头去浏览航班指示牌，看看那些飞往伦敦的航班，来调整一下家、詹妮和家人在我心中留下的如潮水般的思念之情。我注意到，现在指示牌上只有一趟航班的信息——在国际航班地图上，柏林只是一个死气沉沉的荒僻角落——这时，我对我妻子最早的一段记忆，被伯纳德刚才所说的一些东西唤醒了。

1981 年 10 月，受波兰政府邀请，我作为一名非政府组织文化代表团的成员来到了波兰。那时我在一家小有名气的地方剧团里担任主管。同行者中还有一位小说家、一名文化艺术记者、一位翻译和两三位文化官员。詹妮·崔曼是代表团里唯一的女性，她是一家地点设在巴黎、资金来自布鲁塞尔的机构派来的代表。由于她人长得漂亮，态度又显得相当尖刻，这使得她招来了其他一些人的敌意，尤其是那位小说家：一位迷人的女子竟对他的盛名无动于衷，这激起了他的愤怒。于是他便邀记者和一位官员下了笔赌注，看谁能第一个"采下"她这朵鲜花。大意就是，这位肤色白皙、点点雀斑、眼眸碧绿、红发稠密的崔曼小姐，还有她那随身携带的记事簿和一口流利的法语，必须让她安分守己。在正式访问中那无可回避的乏味时光里，我们经常坐在宾馆的酒吧里喝酒，小声地嘀咕。这样做的效果很糟。即使只是和这位女子（很快我就发现，她那凌厉的作风不过是为了掩饰她的紧张）打个招呼，交换只言片语，也会招致其他人在背地里互碰臂肘，眨眼示意，事后还问我是不是也"加入了竞赛"。

更让我恼火的是，在某种意义上，仅仅是在某种意义上，我加入了。抵达华沙后没几天，我就被击倒了，害起了相思病，陷入了一种老套而无可救药的境地，而这对愉快的小说家和他的朋友们来说，则是一种滑稽可笑的并发症。每天吃早餐时，第一眼看到她穿过宾馆餐厅朝我们的餐桌走来，总会让我感到一阵痛苦的胸闷，胃里变得空荡荡的，感觉直往下坠。这样一来，当她来到餐桌前时，我既不能装作没看见她，也不能若无其事地向她问好，否则会把我的真情实感暴露出来。餐桌上煮老的鸡蛋和黑面包我一直没有碰过。

在这里，我根本没有机会能和她单独聊聊。我们整天陪着那些编辑、翻译、记者、政府官员和团结工会①的成员们坐在会议室和演讲厅里，因为当时团结工会正处于蒸蒸日上的好时机，而我们也不可能知道，仅仅在几个星期后，雅鲁泽尔斯基将军②就会将其取缔。谈话围绕的主题只有一个：波兰。它时刻萦绕在我们身边，不停地挤压着我们的头脑，伴随我们从一处昏暗脏乱、烟雾缭绕的房间来到另一处房间里。什么是波兰？什么是团结工会？民主能繁荣吗？会延续下去吗？俄国人会不会入侵？波兰属于欧洲吗？农民们怎么办？等待食品救济的队伍日益延长。政府归咎于团结工会，而其他人则归咎于政府。民众在大

---

① 团结工会（Solidarity），又称团结工联，是于1980年创立于波兰北部城市格但斯克（德语称但泽）的波兰工会联盟，由列赫·瓦文萨领导，在20世纪80年代组织了波兰国内强大的反共产主义社会运动，主张非暴力的反抗模式。1989年，波兰举行半自由的选举，至8月底形成了以团结工会为领导的联合政府，瓦文萨在12月当选总统，波兰人民共和国被废除，波兰共和国成立。此后，团结工会的事迹被其他欧洲社会主义国家的各种反对团体所效仿，最后导致东欧社会主义政权——垮台，促使苏联于90年代初期解体。

② 雅鲁泽尔斯基（Wojciech Jaruzelski）：波兰政治家，曾任总理兼国防部长，1981年10月当选为波兰统一工人党第一书记及政府领导人，曾颁布戒严令并建立救国军事会议，大肆逮捕团结工会领导人和镇压民众抗议活动，并于1982年宣布团结工会为非法，禁止其一切活动。

街上示威游行，防暴警察①用警棍将他们驱散，大学生占领了学校，每天都有更多的人在通宵议论。以前我对波兰的局势从未考虑太多，可在一个星期内，就像其他所有人（不管是外国人还是波兰人）一样，我变成了一个狂热的波兰问题专家，即使没有给出什么解决方案，但至少也提出了许多方向正确的问题。我自己的政治见解被搅得一团糟。这些令我本能地感到钦佩的波兰人促使我去拥护我正好最不信任的那群西方政客。在此之前，我一直都把反共言论和那些古怪的右派思想家联系在一起；而现在，这些言论都可以被人轻松地接受，因为在这里，共产主义形成了一张特权、腐败和合法暴力的巨大网络，成了一种精神疾病，制造了一连串滑稽可笑、子虚乌有的谎言，而且最为人所共知的是：它已经沦为了外国势力占领统治的工具。

在每处集合地点，在距我几张座椅外的某个地方，我都能看见詹妮·崔曼。我的咽喉作痛，双眼被通风不畅的房间里缭绕的烟雾熏得难受，整晚的熬夜和每日的宿醉令我头晕恶心。我患了一场重感冒，还总是找不着纸巾擤鼻

---

① 防暴警察（ZOMO police）：全称"城市警察机动预备队"，是波兰的一支准军事化防暴武装警察部队，曾参与对团结工会的镇压活动。

126

子，高烧一直不退。在去参加一个有关波兰剧院行业的会议的途中，我难受地对着阴沟吐了出来，而附近排在领取面包的队伍里的妇女们还以为我是个醉鬼，纷纷对我投以厌恶的目光。我的感冒发烧、欢喜得意和折磨苦恼，与波兰、詹妮还有那个洋洋自得、愤世嫉俗的小说家以及他的死党们密不可分。这帮人令我鄙夷，而他们还热衷于将我当成一伙人，把在他们看来我在当天的竞赛中所处的位置揭个底朝天，在一旁煽风点火。

来到波兰后的第二周刚刚开始，詹妮就让我大吃一惊：她请我陪她前往一百英里以外的卢布林①。她想参观一下马伊达内克集中营，帮她的一位正在著书的朋友拍些照片。三年前，当我还是一名电视台研究员的时候，我曾经去过贝尔森②，并发誓再也不去第二个集中营了。第一次参观是一种必要的教育，第二次再去就成病态了。而现在，这

----

① 卢布林（Lublin）：位于波兰东南部贝斯奇察河畔的一座历史名城，卢布林省首府。第二次世界大战期间，法西斯德国在卢布林城东南4公里处的马伊达内克建立大规模死亡集中营，卢布林成为德国消灭占领区境内犹太人的行动基地。战后在集中营旧址辟设纪念馆。

② 贝尔森（Belsen）：全称"贝尔根贝尔森集中营"（Bergen-Belsen），位于德国汉诺威市附近的小镇贝尔森，建于1940年，于1945年4月15日被英军解放，共约7万名被关押者遇害，其中包括著名的《安妮日记》的作者、15岁的犹太少女安妮·弗兰克。战后辟设纪念馆。

位如幽灵般苍白的女子正在邀请我故地重游。那时我们刚吃完早饭，正站在我的房间外面。当天的第一个活动安排我们已经迟到了，而且她看上去想尽快得到一个答复。她解释说自己以前从未参观过集中营，所以她想和别人一起去，而这个人应该能被她看作是自己的朋友。当她说出"朋友"这最后两个字时，她用手指轻轻触碰了我的手背。这一触凉凉的。我抓起她的手，然后，由于她心甘情愿地向我靠近了一步，我便亲吻了她。在阴暗昏沉、空荡无人的宾馆走廊里，那是一个长长的吻。门把手转动的响声让我们停了下来，我对她说我很乐意陪她去。然后有人从楼梯上叫我。此后我们一直没有时间再说话，直到第二天的早晨，我们安排坐出租车过去。

在那段日子里，波兰的兹罗提①贬值到了极点，而美元则无所不能。花二十美元就可以找一辆出租车送我们去卢布林，如有必要还可以让司机在城里通宵等待，第二天再把我们送回来。我们成功地从小说家和他的朋友们的眼皮底下溜了出来，没有被发现。那个吻，那种感觉，那件

---

① 兹罗提（zloty）：波兰官方货币单位，在波兰语中为"黄金"之意。

非同一般的事实，以及对下一个亲吻和伴随其后的美妙图景的向往，已经在过去的 24 小时里让我如痴如醉。而现在，当我们穿过华沙城外景致单调的郊区地带，想到我们的目的地时，这个吻渐渐离我们远去了。我们在拉达汽车①的后座里远远分开坐着，交换着一些关于各自生活的基本情况。这时我才知道她是伯纳德·崔曼的女儿，从电台节目和他所著的纳赛尔②传记里，我隐约听说过他的名字。詹妮谈到了她父母的彼此疏远和她与母亲之间的艰难关系。她的母亲独自生活在法国的一块穷乡僻壤里，为寻求一种精神冥想的生活而抛弃了这个世界。第一次听到琼被提起的时候，我就已经想去会会她了。我告诉詹妮，我的父母在自己八岁时死于车祸，我和我的姐姐琼还有外甥女莎莉一起长大，而对莎莉来说，我仍然就像一位父亲，以及我对于亲近别人的父母有多么在行。我想甚至就在那个时候，我们还就我会如何讨得詹妮那位易怒的母亲的欢

① 拉达（Lada）：汽车名，世界知名品牌，于 20 世纪 70 年代诞生于前苏联的拉达汽车联合工厂，现由俄罗斯"索克"集团生产。
② 纳赛尔（Nasser, 1918—1970）：埃及第二任总统，是历史上最重要的阿拉伯领导人之一，在 20 世纪 50 至 60 年代曾是阿拉伯民族主义的倡导者。

心开过玩笑。

在我那不太可靠的记忆里，华沙和卢布林之间的波兰是一片广袤无垠、供人开垦的黑褐色田野，一条两旁连一棵树也没有的笔直道路横越其中。我们抵达目的地时，天正下着小雪。我们听从了波兰朋友们的建议，在卢布林市中心下了车，从那里步行前进。以前我不知道，这座城市和集中营竟然距离如此之近：卢布林和马伊达内克，它们紧挨在一起，就像物质与反物质，而正是这座集中营吞噬了占全城总人口四分之三的所有犹太人。我们在集中营大门外驻足，读着一块标示牌上的文字，上面写道，有数十万计的波兰人、立陶宛人、俄国人、法国人、英国人和美国人死在这里。四周一片寂静，渺无人迹。有那么一刹那，我心生犹豫，不想进去。詹妮的低声耳语让我心里一惊。

"根本没提到犹太人。看到了吗？一切还是老样子，而且还是官方认可的。"然后她又加了一句，更多的是在自言自语："黑狗。"

最后这两个字没有引起我的注意。而詹妮其他的那些话，即使不去考虑在修辞上的夸张，其中残存的真实对我而言，也足以把马伊达内克从一座纪念碑、从一种民众为了对抗遗忘而采取的令人肃然起敬的手段，在转瞬之间，变成一种空想的顽疾和现世的危机，一种令人几乎难以察觉的对邪恶的纵容默许。我挽住詹妮的手臂，我们继续向集中营里走去，经过外层的铁丝网围栏和警卫室。警卫室现在还有人用，门阶上立着满满的两瓶牛奶。集中营里异常整洁，铺上了一英尺厚的新雪。我们穿过一片无人地带，双臂都垂在身旁。前方就是监视塔、搭在桩柱上的屋顶坡面陡峭的低矮棚屋以及摇摇欲坠的木梯；它们在两道内部围栏之间构成了一道供人俯瞰的风景。四处都是棚屋，比我想象的更狭长、更低矮、数量更加庞大，充塞着我们的视野。在棚屋后的远方，那座如一艘脏兮兮的、只有一根烟囱的不定期货船的建筑，就是焚尸炉，正自由地在橙白色大空映衬的背景上浮动。一小时里我们什么话也没说。詹妮读着朋友给她的指示，拍下照片。我们跟在一队小学生后面，进入一间小棚屋，看到屋内的铁笼里塞满了鞋子，有成千上万只那么多，就像被晒干的水果一样压平卷曲着。在另一间棚屋里，鞋子更多，而在第三间里，难以置信的是，数量还要多，已经不用笼子来装了，而是成千地铺散在地板上。我看见一只钉有平头钉的靴子，旁边是一只婴儿鞋，鞋子上温顺的小羊羔图案仍然从尘埃中显露出来。生命变成了廉价的货品。如此庞大的规模，那些可以轻易说出口的数字——几万，几十万，上百万——将幻想中人类高尚的同情心和对苦难的合理掌握统统否定，阴险地将人们诱向迫害者们设定的前提：生命是廉价的，不过是堆在一起接受检查的废物。当我们继续向前走的时候，我的情绪逐渐平静下来。我们什么忙也帮不上。没有人需要去被释放或是喂食。我们只是像游客一样在这里闲逛。要么你来到这里，感到绝望，要么你把手更深地插进口袋里，紧攥住带着体温的零币，发觉你已经离噩梦的制造者们又近了一步。这是我们无法逃避的耻辱，我们共同承担的悲惨境遇。我们处在另一边，我们在这里自由地走动，就像从前集中营的司令官或是他的政治领导人所做的一样，四处看来看去，心里对出去的路很清楚，并且完全确定下一顿饭正等待着我们。

　　过了一会儿，受害者的惨景让我再也看不下去了，我只去想着那些迫害他们的人。我们穿行在这些棚屋中间。

它们搭建得这么好，经历了这么长的时间仍保持完整。从每一扇前门那里，都有一条整洁干净的小径连接我们走过的道路。在我们前方，棚屋群落一直延伸到很远很远，我无法看到它们排列的尽头。而这还只是一排棚屋，只是集中营里的一部分；而这里还只是一个集中营，与其他地方的集中营相比，规模还算是小的。我陷入了正邪颠倒的钦佩和阴郁的惊讶反思中。勾勒出这番事业，规划这些集中营，建设它们，如此处心积虑地布置、运作和维护它们，还要从城镇和乡村中征集供它们消耗的活人燃料。如此巨大的精力，如此热忱的奉献。人们怎么可以把它称为一个失误呢？

我们又遇到了那些小学生，跟在他们后面进入那幢立有 根烟囱的砖砌建筑。和其他人一样，我们也注意到了写在焚尸炉炉门上的建造者的名称。一份特殊的订单被迅速地完成了。我们看到一只装有氰化物齐克隆-B① 的旧容

---

① 齐克隆-B（Zyklon B）：是德国纳粹在灭绝营毒气室用以杀人的一种高效杀菌杀虫剂，由特奇·施塔本诺夫公司和达格希（Degesch）公司生产，系为紫蓝色氢氰酸（hydrogen cyanide）结晶体，投入毒气室通气孔后产生氢氰酸毒气，3—5 分钟致人死亡。

器，是由达格希公司供应的。在我们出去的路上，詹妮在一个小时里第一次开口了，她告诉我，在 1943 年 11 月的一天，德国当局用机枪屠杀了 36 000 名卢布林的犹太人①。他们让受害者躺在巨大的坟墓里，然后在扬声器放大的舞曲声中屠杀了他们。我们又谈到了大门外的那块标示牌和上面的遗漏。

"德国人帮了他们的忙。即使这里已经没有犹太人了，人们仍然恨他们。"詹妮说。

我突然想起了什么。"你刚才说到狗是什么意思？"

"黑狗。那是一个家族典故，来自我的母亲。"她刚想进一步做点解释，却又改变了主意。

我们离开了集中营，走回卢布林。我第一次觉得它是一座迷人的城市。它逃过了战争的摧残和战后的重建（正是战后重建让华沙失去了原来的风貌）。我们正走在一条鹅卵石铺就的湿漉漉的陡坡街道上，在冬季落日那美好的橙色余晖的映照下，鹅卵石都变成了金色。我们就像是从长

① 此处指发生在 1943 年 11 月 3 日至 5 日间的 "丰收节行动" ［Operation Harvest Festival（"Erntefest"）］。根据最新的统计数据显示，共有来自卢布林地区的 43 000 名犹太人遇害，其中在 11 月 3 日一天里，就有 18000 名犹太人被纳粹枪杀。

期的监禁中被释放出来一样，对于重新成为这个世界、成为卢布林平稳的交通高峰里正常生活的一部分而感到兴奋。不知不觉中，詹妮挽住了我的手臂，拎着照相机的皮带轻轻甩动，对我讲起她的一个去伦敦学厨艺的波兰朋友的故事。我已经说过，在性和爱情方面我一直讳莫如深，对诱惑一向轻车熟路的是我的姐姐。但在这一天，从自我束缚中解放出来的我，却一反常态地干了一桩漂亮事儿。我在詹妮讲到一半的时候打断了她，亲吻了她，接着我还告诉她，她是我见过的最美丽的女人，在这天余下的时间里，我只想和她做爱。她用那双碧绿的明眸盯着我的眼睛，然后扬起手臂，刹那间我还以为她要扇我的耳光。然而她指向了街对面的一扇上方挂着褪色招牌的小门。我们踏过金色的街道去了维斯瓦旅馆。我们遣走了出租车司机，在那里呆了三天。十个月后，我们结婚了。

我开着从蒙彼利埃机场租来的汽车，在漆黑的房屋前停了下来。然后我下了车，在果园里站了一会儿，仰望十一月的星空，克服心里那种不情愿进屋去的感觉。重返被闲置了数月或即使只有几个星期之久的羊圈，从来都不是什么愉快的经历。漫长的夏季假日行将结束，在九月初一个喧闹的早晨，我们一家人乱哄哄地离开了这里。从那以后，就再也没有人来过。孩子们回荡在空气中的最后一缕声音也消散在了古老石块的静寂中。羊圈重新陷入了对未来遥远的展望——不是短短的几周假期，也不是孩子们成长的岁月，也不是今后将继续拥有它的数十年光景，而是好几个世纪，乡下里的好几个世纪。尽管我并不真的相信会有这种事情，但我可以想象得到，在我们离开的这段日子里，从屋里的家具、厨房里的锅碗瓢盆、房间里的挂画，到封面微微卷起的杂志、浴室墙上那块澳洲形状的陈旧污迹，一直到挂在门后没人舍得扔掉的园丁便服——因为琼常穿它，那件衣服上已经隐约显露出她的轮廓——琼的魂魄会以怎样的方式去重新夺回它们，再次声明她对这些物品的所有权。离开这里一段时间后，屋子里所有物品间的位置都在记忆中发生了变化，产生了倾斜，如胶片般被时光冲洗成淡淡的棕褐色，或是比这种颜色更加浓重的色彩。还有声音——钥匙在锁孔中的第一圈转动——产生一种在听觉上发生微妙变化、超过了听觉范围的死寂回声，暗示着某种几乎正在回应中的无形存在。詹妮一向讨厌打开这扇房门。在夜晚打开它就更加困难了：四十多年来，这栋房子一直在零零碎碎的不停扩建和变化之中，现在开启电源的配电盒已经不在前门旁边了。你得一直穿过起居室和厨房才能找到它，而今晚我还忘了带手电筒。

我打开前门，眼前如同立着一堵黑压压的厚墙。然后我摸索着走进屋，朝一个架子走去，以前我们总想记着在上面放根蜡烛和一盒火柴。架子上什么也没有。我站在原地，侧耳倾听。不管我对自己说多少理智的话，我始终无法摆脱这个念头：一个女人在一所房子里化费那么多年的时间，全心献身于对永恒的思考，那么在这座房屋中，本来就应该存在着某种微妙的发散物，一张由意识结成的蛛丝般轻薄的网络，它已经注意到了我的存在。我不能鼓起勇气大声喊出琼的名字，可这正是我想做的，目的并不是为了召唤她，而是把她赶走。相反，我大声地清了清嗓子，阳刚的声音里带着一丝狐疑。等电灯全都亮起来、收音机里开始传出声音、我从路边小摊上买来的小银鱼在琼的橄榄油里烹炸的时候，鬼魂们都会退到阴影里去。白天里的日光也会对我有帮助，但还要经过几天时间，要度过一两个心神不宁的夜晚，这所房子才会真正归我所有。想要马上重新占有羊圈，你得带着孩子们一起回来。当他们重新拾起被遗忘的游戏和计划时，当他们的欢笑声和争双层床位的吵闹声响起时，鬼魂会优雅地在生者的活力面前退缩，你便可以无忧无虑地转遍屋子里的每个角落，包括琼的卧室或是她的老书房，脑子里什么杂念也不会有。

我把手直伸在脸的前面，摸索着穿过了客厅。四周弥散着一股甜美的气息，我把它和琼联系在了一起。这股香味是从她大批量购入的薰衣草香皂上散发出来的。她留下的这笔储备我们连一半都还没用完。我继续摸索着穿过了起居室，打开了通往厨房的门。这里的空气中有股金属和淡淡的液化气混合的味道。保险丝盒和电源开关在房间远端墙上的一个壁橱里。即使在这样的黑暗中，我也能看见前面的壁橱，显得像一块颜色更深的补丁。在我绕过厨房餐桌的时候，那种我正被人监视的感觉更加强烈了。我的表皮好像变成了一种感应器官，对黑暗和空气中的每个分子都会过敏。我裸露的胳膊正感受到一种威胁。有什么东西在靠近，厨房也感觉变得不一样了。我正在朝错误的方向移动。我想折回去，但那样做会显得很可笑。汽车太小了，容不下我在里面过夜。离这里最近的宾馆也有 25 英里远，而且现在已经快到午夜了。

装有电源开关的深黑色壁橱形状模糊，离我约有二十码远，我用手沿着厨房餐桌的边缘摸索，引导着自己朝它走过去。自从童年以后，我还从来没有像今晚这样惧怕过黑暗。像动画片里的卡通人物那样，我轻声地哼了起来，心里并没有因此而放松。我的脑子里没有一段完整的旋律，胡乱凑在一起的音符听上去很傻。我的声音听起来很微弱。要是受到什么伤害那也算我活该。那个念头又一次出现在我的脑海里，这回更加清晰了：所有需要我做的就是离开这里。我的手抚过一个又圆又硬的东西。那是连在餐桌抽屉上的把手。我差点要拉开它，但我还是决定不要那样做。我鼓起勇气继续前进，直到离开了餐桌。墙上的那块黑影颜色如此之深，在我眼前跳动起来。它隐约有个中心，却没有清晰的轮廓。我抬起手伸向它，就在这时，我的勇气全部耗尽了。我不敢去碰它。我后退一步，犹豫不决地站在原地。我的理智在催促我快点行动，打开电源，在明亮的人造光线下看看这一如既往持续着的平常环境；而我那单纯的迷信恐惧比渴望看到平常生活还要强烈。我被夹在两者中间，开始不知所措了。

我在黑暗中肯定站了有五分钟之久。有那么一刻，我曾几乎要大步上前，把配电盒的盒门猛然拉开。但是在这种想法产生、大脑传达指令到大腿的那一刻，腿却不听使唤。我知道，如果现在转身离开厨房，那我今晚肯定再也不能回来了。因此我依然站在原地，直到我想起厨房里的那个抽屉，还有我为什么差点把它打开：本来应该放在前门边的蜡烛和火柴可能在里面。我的手沿着桌子往回滑动，摸到了抽屉，在修枝剪、图钉和细线中间摸索翻找着。

划下第一根火柴后，一小截不到两英寸长的蜡烛头被点亮了。我向配电盒壁橱靠近，它的阴影在墙上跳动。看上去有点不对劲：橱门上的小木把变得更长、更华丽了，角度也有了新的变化。我靠近它，离着只有两英尺了，这时那装饰品的外形变成了一只蝎子，又肥又黄，毒钳沿着对角线方向倾斜地弯曲着，而它那结实而分节的尾巴正好遮挡在下面的把手上。

这种古老的螯肢动物可以追溯到大约六千万年前的寒武纪时期。是一种天真、一种在后全新世时代中的绝望无知，把它们引进了新潮猿猴们的家里。你能看见它们趴在毫无遮蔽的墙壁上，用过时的脚爪和毒刺可怜巴巴地抵御挥舞的鞋子的重击。我从厨房柜台上取下一只沉重的木勺，只一下就打死了它。它掉在了地板上，我又用力地踩了一脚。我不得不继续克制自己的不情愿，去触碰它的躯体曾经待过的地方。现在我想起来了，在几年前，我们就是在这只壁橱里发现了一窝幼蝎。

灯亮了，那台五十年代的圆冰箱猛地一颤，重新开始发出熟悉的嘎嘎哀叹。我急于不去回想自己的这段经历。我把行李拿进屋里，铺好床，煎好了鱼，把亚特·佩珀[①]的老唱片放到最大音量，还喝了半瓶酒。凌晨三点，我很快沉睡过去。第二天我便开始着手整理房子，为我们十二月的假日做准备。我从工作清单上的第一项开始，先花了几个小时维修屋顶，上面有许多瓦片在九月的一场风暴中被刮掉了。剩下的时间里我都在屋子四周忙活。气候温暖，临近傍晚时分，我把吊床挂在琼最喜欢的地方——那棵柽柳树下。躺在这里，我能看见金色的阳光铺洒在伸向圣普里瓦的峡谷中，在更远方，一轮冬日低低地悬在环绕

---

① 亚特·佩珀（Art Pepper，1925—1982）：20世纪美国著名中音萨克斯手，是五六十年代"西海岸爵士乐"运动的代表之一，开创了棱角分明的冷爵士乐（Cool Jazz）风格。

洛代沃①四周的山脉上。一整天里我都在回想自己受到的惊吓。当我在屋子四周干活的时候，两个模糊不清的声音一直缠着我。现在，当我伸开四肢躺在吊床上、身边放着一壶茶水的时候，它们变得更加清晰了。

琼很不耐烦。"你怎么能假装怀疑摆在眼前的事实呢？你怎么能这么固执，杰里米？从一踏进屋里开始，你就感应到了我的存在。你预感到了危险，接着事实也证明了，如果你没有理会你的预感，你就会被狠狠地蜇上一口。是我警告了你，保护了你，事情就是这么简单。如果你还准备继续煞费苦心地去维护你的怀疑精神的话，那你就是一个忘恩负义的家伙，而我当初就不应该现身去保护你。理性主义是一种盲目的信仰。杰里米，你怎么能指望去理解这一切呢？"

伯纳德非常激动。"这个例子还真是管用啊！当然了，没准会有某种形式的意识能够跨越死亡的障碍，为了你的福祉而显灵，你无法完全排除这种可能性。你应该时刻让心灵敞开，注意那些和时下的理论不符、被人忽视摈弃的

---

① 洛代沃（Lodève）：位于朗格多克-鲁西永大区的一个仅有 7 100 名居民的小城市。二战时期，该地区是法国民间抵抗德国侵略者的坚固据点之一。

各种现象。从另一方面来说，在两方面都缺少根据的情况下，你为什么直接得出了这么激进的结论，而没有去考虑其他更加简单的可能性呢？你在屋子里时常'感到琼的存在'——这也就是说，这里曾经是她的住处，仍然占满了她的物品，而且呆在这里，尤其是在离开了一段时间以后、在你自己的家人还没有挤满房间的时候，你肯定会想起她来。也就是说，这种'存在'是你脑子里的'存在'，被你自己投射到了这个环境里面。如果考虑到我们对死者的敬畏，那么你在黑暗中蹒跚穿过屋子时十分小心谨慎这一点就能够理解。再从你当时的心理状态来看，墙上的壁橱看上去肯定会很吓人——在黑暗中还有这么一块颜色更深的物体，不是吗？以前你曾在那里面发现了一窝蝎子，这段回忆深深地潜藏在你的脑子里，所以在潜意识里，你应该会考虑到这种可能：在这么差的光线下，你模模糊糊地看到了一只蝎子的形状。接下来就是你的预感成真这个事实。哎呀，亲爱的孩子！在法国的这块土地上，蝎子随处可见，为什么就不能有一只刚好趴在壁橱上呢？再想想看，就算它在你手上蜇了一口，那又怎么样？毒液很容易吸出来，你顶多疼痛和不舒服上那么一两天——那毕竟又不是一只黑蝎子，凭什么要让鬼魂从坟墓里爬出来现身，让你避免这么微小的伤害呢？要是死人所能关心到的只有这些，那他们为何不去阻止每天在人世间发生的数百万桩悲剧呢？"

"呸！"我听见琼在说。"你怎么知道我们到底阻止没有？无论怎样你都不会相信的。我在柏林保护了伯纳德，昨晚又保护了你，因为我想让你知道一些事情。我想让你知道，对这个由上帝创造、充满神迹的世界，你是何等的无知。然而对一个怀疑论者来说，任何证据都可以被歪曲，用来迎合他自己那些单调渺小的计划……"

"胡说。"伯纳德对着我的另一只耳朵小声嘟囔着。"科学正在揭示的是一个闪耀着智慧之光的奇妙世界。我们没必要仅仅因为不理解就去塑造神明。我们的探索才刚刚开始咧！"

"要是我的某些部分不存在，那你现在怎么还能听见我说话？"

"你什么也没听见，亲爱的孩子。你正在凭空虚构我们的存在，根据你对我们的了解推测我们的对话。这儿除了你根本没有别人。"

"这个世界里有上帝！"琼说道，"还有魔鬼！"

144

"如果我是魔鬼，"伯纳德说，"那这个世界根本就没有地狱可言了。"

"伯纳德的天真恰恰证明了他的邪恶。你当时也在柏林，杰里米。看看他和他的同类们以进步的名义在那里干的好事吧。"

"这些虔诚的一神论者啊！在他们的信仰里，带有那么多的吝啬、狭隘、无知和残忍……"

"我们仁慈友爱的上帝啊，他会宽恕伯纳德的……"

"即使没有上帝，我们也可以相亲相爱。非常感谢你。基督徒劫持了那个词，我深恶痛绝。"

这些话语持续不断，时刻萦绕在我的身旁，开始令我感到苦恼。第二天，当我在果园里给桃树修剪枝条的时候，琼说，我正在修剪的这些树木和它们的美丽外表都出自上帝的创造。伯纳德则说，我们已经对桃树和其他树种的进化历程了解甚多，科学的解释根本不需要上帝！在我劈砍柴木、疏通沟渠、打扫房间的时候，两人在那里针锋相对，唇枪舌剑，就如同一只赶不走的雄蜂似的在我身边打转，嗡嗡作响。即使我努力将注意力转移到其他事情上，这番争论仍在持续。就算我去倾听，也学不到任何东西。每一

145

次提出的观点都会推翻前一次提出的，或者被后一次提出的观点所推倒。这是一种自我否定式的辩论，一种和零不断相乘的荒谬运算，而我根本无法让它停止。当我做完所有的工作、坐在厨房的餐桌前翻开为撰写回忆录所做的笔记时，我岳父母的声音又提高了。

我试图加入其中："听着，你们两位。你们是在完全分离的两个世界里，谁也犯不着谁。去证实或否定上帝的存在不关科学的事，去量化这个世界也不关精神的事！"

一阵尴尬的沉默。他们仿佛都在等我继续说下去。接着我听到伯纳德开口了（或者是我在想象中让他开口），他轻轻地对琼、而不是对着我说："那是不错。但教会总想要控制科学，垄断所有的知识，去证明上帝的存在。就拿伽利略来说吧……"

琼立即打断了他的话："在欧洲，几个世纪以来，正是教会让学习的传统不断延续下去。还记得1954年我们在克吕尼①的时候吗，带我们参观图书馆的那个人……?"

---

① 克吕尼（Cluny）：地处法国中东部的一座城镇，位于里昂地区西北偏北，其城中的修道院建于910年，曾是最具影响力的宗教教团中心和"克吕尼运动"的发源地。

当我给家里打电话，向詹妮抱怨说自己都快要发疯了的时候，她却捧腹大笑，一点也不体谅我。

"你想听他们的故事。你鼓励他们，讨好他们。现在你得到了，全是些喋喋不休的争吵。"说到这里，她不禁又大笑了起来，过了好一阵子才停住。接着她问我，为什么不把他们说的话都记下来。

"他们的话根本没有意义，就是在不断地重复打转啊。"

"那就是我一直在告诉你的情况，可你就是听不进去。现在看你受到惩罚了吧，谁叫你自己把他们招惹来了呢。"

"受谁的惩罚?"

"去问我老妈吧。"

又是一个晴朗的好天气。吃完早饭后不久，我就抛开了所有的责任，从一切精神负担中解脱出来。带着一种逃学般轻松舒适的感觉，我套上旅游鞋，找了一张大比例的地图，往我的帆布背包里塞了一瓶水和两只橘子，然后沿着一条小径出发了。

小径自羊圈后面升起，向北抬高，越过一道干涸的沟壑，穿过丛生的胭脂栎，然后在巴德拉泽巨大的岩石下面

147

蜿蜒而上，通向高原。保持稳健的速度，只需要半个小时就能爬上去。在"拉扎克的喀斯"高原上，凉爽的微风在松林间穿梭，维苏山峰①的远景尽收眼底，而在更远方，四十英里之外的地中海泛出银色的粼粼波光。我沿着一条沙土小径穿过松林，经过露出地表、被风化为废墟形状的石灰岩石，然后走上了向泰德纳羊圈延升的开阔平地。从那儿，我可以望见通向圣莫里斯-纳瓦塞勒的几小时高原路途的全景，其后不出一英里就是威斯河谷那巨大的裂隙。在它边缘左侧的某个地方，就是普鲁纳莱德巨石墓。

　　首先，要走一段下坡路，重返并穿越林木线，进入拉瓦克里②。徒步走进和离开一座村庄有一种纯粹的乐趣。看到其他人的生活被束缚在房子、人际和工作之中，而你自足、自给、自由，没有任何财物和责任的负担，这种空想可以短暂地停留。这是一种特有的愉快感受，当你坐在汽车中穿过这个村庄、成为车流的一部分时，你是无法感受到这种快感的。我决定不在酒吧逗留喝咖啡，而只是驻

① 维苏山峰（Pic de Vissou）：位于法国南部埃罗省的一处自然风景地貌。
② 拉瓦克里（La Vacquerie）：位于法国南部朗格多克-鲁西永大区拉扎克中部的一座小村庄，距洛代沃不远。

足细看了路对面的纪念碑，将它底座上的碑文抄进笔记本里。

　　我沿着一条小路离开村庄，踏上了一条向北延至峡谷的迷人小径。自从我来到这里以后，我第一次真正感到心满意足，觉得自己对这片荒僻的法国土地往昔的眷恋已经完全恢复。琼和伯纳德让人不得安宁的争吵声，现在已渐渐听不到了，柏林之行带来的兴奋不安也已平息下来，仿佛我后颈上无数条细小的肌肉都慢慢舒缓开来，开辟出一个平静而广阔的心灵空间，来映衬我正在走过的这片广袤的景致。一如我高兴时偶尔会做的那样，我回想起我的整个生活方式，回想起自我八岁时直到在马伊达内克的生活中点点滴滴的故事，以及我是如何从生活中解放出来的。千里之外，在数百万房屋中的一所房子之中或附近，有属于我的族群——詹妮和我们的四个孩子。我有了归属，我的生命之树扎下了根基，并且枝繁叶茂。小径平坦，我保持着稳健的步伐。我的思路开始明晰，知道该怎样为那本回忆录安排素材了。我想到了我的工作，想到我会怎样改变我的办公室的布局，让在那里工作的人们受益。在我前往圣莫里斯的路上，这些想法和其他与之相关的计划占据了我的全部头脑。

当我穿行在村子里的时候，平静自足的情绪依然伴随着我。我在椴树旅舍的露天平台上喝了瓶啤酒，或许就坐在当年那对正处蜜月中的年轻夫妇吃午饭时听村长讲话的那张桌子前。我订好了晚上过夜的房间，然后就再度出发，踏上通往巨石墓的一英里左右的路途。为了争取时间，我沿着大路走去。在我右手边几百码开外，就是峡谷的边缘，被抬高的地势遮住了。在我的左侧和前方，延绵着喀斯高原崎岖的风貌、坚硬干裂的地表、山艾树和电线杆。我经过普鲁纳莱德的那座废旧农场，转向走下右边一条沙土小路，五分钟后就来到了巨石墓前。放下背包后，我坐在巨大平整的墓石板上，剥开一只橘子。午后的阳光并没有将石头晒暖。一路上，我刻意不去思考自己来这儿的目的，可现在等我到达这里后，它们似乎已经够明显的了。我不愿被动地成为我的两位传主之声的受害者，而是来此追寻他们，重新塑造伯纳德和琼坐在这里切开粗红肠、弄碎干面包、越过峡谷向北凝望、远眺未来的场景：我来这里，是为了感受理解他们那一代人的乐观情绪，是为了仔细分析并滤出琼在经历那次遭遇的前夜所产生的第一丝怀疑。

我是希望捕捉他们在那持续一生的争吵开始前真心相爱的情景。

然而，在五个小时的步行过后，我已别无他念。我内心平衡，目的明确，无意去想鬼魂的事。我的脑子里依然装满了自己的计划和方案。我再也不想被鬼魂纠缠。那些声音确实已经消失了；这里，除了我以外没有别人。十一月的太阳低悬在我右侧的天际边，照亮了远方悬崖峭壁上的嶙峋阴影。除了我在这个地方得到的愉悦本身，还有曾经和伯纳德以及我们的孩子们在这里举办家庭野餐的回忆（那时，我们把这块大石板当作餐桌）之外，我不需要其他任何东西。

我吃完了两只橘子，像个小学生一样在衬衫上擦了擦手。我打算沿峡谷边缘的小路返回，可自从我上次来过以后，如今这条路上已经长满了带刺的灌木丛。走了一百码后，我不得不返回了。我很恼火。我还以为一切都在我的掌握之中，可现在事实马上就证明是我错了。但我冷静了下来，想起这条去圣莫里斯的路就是伯纳德和琼在那天晚上走过的。这是他们的路，而我的则不同——朝上走回旧农场，再回到大路上；如果我不得不从一条杂草丛生的小径中找到一种标志，那么这个会更适合我。

我本打算就在这里结束这部分回忆录的章节，因为当我从巨石墓开始往回走时，我感到自己已经不再受到他们意识的困扰，可以提笔记述他们的生活了。但我必须简要地叙述一下那天傍晚在旅舍餐馆里发生的事情，因为它看上去像一出单单为我而上演的戏剧。不管受到多少扭曲，它是我以前密切关注的思绪和童年时的孤独的体现，代表了一次净化灵魂、驱除心魔的历程。在这件事中，我是为了我的小外甥女莎莉、也是为了我自己而采取报复行动的。用琼的话来说，这又是一次"闹鬼"，而她自己也在现场看着我。我确实从她在那次磨难中表现出来的勇气里汲取了力量，而那件事发生在一英里外的地方，距今已经有四十三年了。或许琼还会告诉我，我真正需要勇敢面对的邪恶就潜伏在我的内心中，因为在事件的最后，将我牢牢拴住、令我俯首帖耳的，竟是人们经常对狗呵斥的一句话。Ça suffit!

整件事情是怎么发生的，我已经记不大清楚了，不过在我回到椴树旅舍后的某段时间里（要么是我坐在酒吧里喝着一瓶茴香开胃酒的时候，要么是在半个小时后，当我为了找一块肥皂而从我的房间里走下来的时候），我得知了旅舍的老板是莫妮卡·奥里亚克夫人，这个名字让我想起自己在笔记本里见过。她当然就是那位曾经照顾过琼的奥里亚克夫人的女儿，而且在村长讲他的故事时端上午餐的那个女孩子可能也是她。我想我要问她一些问题，看她对那件事记得多少。但酒吧里突然变得空荡荡的，餐厅里也一个人都没有。我可以听到厨房里有人在说话。想到这家旅舍空间不大，在某种程度上可以为我的擅自闯入提供点借口，我便推开了疤痕累累的弹簧门，走进厨房。

在我面前，有个柳条篮摆在一张桌子上，里面叠着一堆沾有血迹的皮毛。在厨房的尽头，一场风波正在上演。奥里亚克夫人和她的厨师兄弟，还有一个兼做服务员和招待的女孩，他们都扭头瞥了我一眼，然后又继续相互斗嘴。我站在火炉旁边等待，炉子上正炖着一锅汤。半分钟过去了，如果不是我开始意识到这段争执和我有关，我大概已经悄悄溜掉，等过些时候再来了。这家旅舍本来是要关门歇业的。由于女孩让那位从英国来的先生住下了（奥里亚克夫人朝我挥了挥手背作为示意），奥里亚克夫人要照以往的规矩把两个房间留给一户家庭，而现在又有一位从巴黎来的女士抵达——那么，现在大家都吃什么呢？况且他们的人手也不够。

她兄弟说，只要所有的客人们都享用那份七十五法郎的菜单——汤、沙拉、兔肉和奶酪——而不期望其他选择，就不会有什么问题。女孩也支持他的想法。奥里亚克夫人却说，她想开的餐馆不是这样。这时我清了清嗓子，为我的打扰先道了歉。我说，我敢肯定，客人们知道旅舍今年这么迟了还在营业后，只会感到高兴，在这种情况下，预制的菜单会令人感到十分满意。奥里亚克夫人不耐烦地嘘了一声，摇了摇头，走出厨房——这表示她同意了，她的兄弟得意地摊开手掌。还需要做一个让步——为了简化工作，所有客人都要提早在七点半一起吃饭。我说，对我而言，这完全可以接受，于是厨师就让那个女孩去通知其他客人了。

半个小时后，我第一个在餐厅里就座。现在我感到自己不仅仅是一个客人，我还是一位内部人士，参与了旅馆的内部事务。奥里亚克夫人这时候显得心情很不错，她亲自为我拿来了面包和啤酒。经过我们的交流确认，我知道

1946 年时她确实在这里工作。虽然她已经理所当然地忘记了伯纳德和琼的那次来访，但她确实晓得村长关于那些狗的故事。她答应我，等空闲一点的时候她会来讲给我听。第二个出现的是来自巴黎的女士。她三十出头的样子，带着一份憔悴的美丽，过度修饰过的脸上表情冷淡，就和某些法国女人一样，对我来说过于古板和严肃了。她双颊凹陷，有一双如饿殍似的大眼睛，我猜她一向吃得很少。她"嗒嗒"地从瓷砖地板上走过，走进一个角落，在离我最远的一张桌子上坐下了。她如此彻底地忽视了我这个唯一坐在房间里的人的存在，以至于给我留下相反的印象——她的每一个动作都是做给我看的。我放下手上的书，心想这到底是事实，还是女人们有时会抱怨的男性幻想症。就在这时，那户人家进来了。

他们一共有三个人，丈夫、妻子，还有一个七八岁大的男孩，全保持着沉默，家庭关系明显紧张。他们穿过更为安静的餐厅，然后在和我相隔一张桌子的地方坐下来。他们坐下时，椅子在地板上发出一阵很响的刮擦声。作为一家之主，那个男人将他那刺有文身的前臂搭在桌上，环顾四周。他首先朝巴黎女士的方向看去，她没有（或许也不愿）将视线从菜单上抬起来，然后他的目光遇上了我的。尽管我向他点点头，却没有得到回应。他只是看了我一眼，然后对他的妻子小声说了几句，她从手提包里拿出一包高卢烟①和一只打火机。这对父母点香烟的时候，我看着那个男孩，他独自坐在桌子一边。我有一种感觉：几分钟前，在餐厅外面发生过一次争吵，这个男孩因为他的某些不良举止而受到了惩戒。他无精打采地坐在那儿，也许正闷闷不乐，左手垂在身体一侧，右手则摆弄着餐具。

奥里亚克夫人带来了面包、水和冰镇的几乎难以下咽的红酒。她走开后，那个男孩把头埋得更低了，他将胳膊肘靠在桌子上，用手撑住脑袋。一眨眼间，他母亲的手飞快地越过桌布，在他的前臂上重重打了一下，将它推开。那位父亲正眯着眼透过烟雾望着上方，似乎并没有注意到。没有人说话。越过这个家庭，我能看到那位巴黎女士正定睛注视着房间里一个空旷的角落。男孩弓着身抵在椅子的靠背上，看着自己的腿，搓揉着胳膊。他的母亲优雅地将烟灰弹在烟灰缸里。她看起来一点儿不像那种会打孩子的

---

① 高卢烟（Gauloises）：法国著名香烟品牌，浓度高，口味重，是法式香烟的代表。

母亲。她体态丰满，面色红润，有一张讨人喜欢的圆脸，两颊带着像玩具娃娃脸上那样的胭脂红。她刚才的行为和母亲似的外表很不相称，显得有些恶毒。眼前的这个家庭和它的糟糕状况令我感到压抑，而我却无可奈何。如果村子里还有什么别的地方可以吃饭，我会到那里去的。

我吃完了我的兔肉，而那家人还正在吃沙拉。几分钟里，唯一能听见的声音就是餐具刮擦盘子的声音。这样子可没法读书，于是我越过书顶静静地观望着。那父亲撕下几小块面包，在盘子里旋转，将最后一点醋酱都蹭干净了。他每吃一小口都要低下头，仿佛拿食物的那只手不属于他自己。男孩吃完后，将盘子推到一边，用手背轻轻擦了下嘴。这看上去像是一个心不在焉的动作，因为这男孩是个挑食的孩子，而且就我所见，他的嘴唇上并没有沾任何食物残屑。但我是一个局外人，另外这个动作或许是一份挑衅，一种长期延续的对抗反应。他的父亲很快小声嘟哝了些什么，其中包括"餐巾"这个词。那个母亲已经停了下来，密切地注意着事态。男孩从腿上拿起餐巾，并没有擦嘴，而是小心地按在一边脸颊上，然后是另一边。对于一个这么年幼的孩子来说，他这样做只不过是自然地想去做

157

一件正确的事。但他的父亲却不这么想，他倾身越过空沙拉碗，重重地在男孩的锁骨下面推了一把。这一推将男孩从他的椅子里摔到了地板上。那个母亲从椅子里半探起身，抓住了他的胳膊。她想在他嚎啕大哭前抓住他，并且保住在餐厅里应有的礼仪。那孩子被弄得晕头转向，而她还在一边嘶声警告他"闭嘴！闭嘴"。她没有离开座位，就已经成功地将他拖回了椅子上，而她丈夫则用脚很巧妙地把椅子扶正。这对夫妇明显配合得十分默契。他们似乎相信，由于没有站起身来，他们已经成功地避免了一个不愉快的场景。男孩回到了座位里，轻轻地啜泣。他的母亲用一根僵直的食指竖在他面前以示警告，直到他完全安静下来为止。然后她放下了她的手，眼睛还一直盯着他。

在我倒出奥里亚克夫人又稀薄又酸涩的红酒时，我自己的手都颤抖了。我大口喝光了杯里的酒，感到喉咙里一阵紧缩。他们甚至不允许男孩哭出声，这比让他摔倒在地上的那一推更叫我感到心寒。这个孩子的孤独寂寞揪起了我的心。我记起在我的父母去世后，我是何等孤独，那种绝望是何等难以倾诉，而我对这个世界是怎样地不抱任何期望。对这个男孩来说，这个世界是多么糟糕啊。有谁能够帮助他呢？我环顾四周。那个独自坐着的女人将头转向了一边，但她笨手笨脚点烟的动作说明她看到了这一切。在餐厅尽头的碗橱旁边，站着那个年轻的女孩，她正等着换下我们的盘子。法国人向来对孩子是十分和蔼和宽容的。显然会有人说些什么。会有人干预的，但那个人不是我。

我又灌下了一杯酒。一个家庭就占据着一块神圣的私人空间，四周立起了假想的高墙。在这些可见的高墙内，每个家庭对其成员都有自身的准则。女孩走上前来，清理了我的桌子。然后她又折回来，在那家人面前取走了沙拉碗，换上干净的盘子。我想我理解刚刚发生在男孩身上的一切。当餐桌已经为下一道菜准备好、炖兔肉被端上来的时候，他开始哭泣；在受到刚才的羞辱之后，在女招待来回走动的这段时间里，生活还在像平常没事一样地继续着。他感到了彻底的孤独，他无法抑制自己的绝望。

开始他只是身体颤抖，一边还想控制住自己，然后他崩溃了，发出一阵令人难受的尖细响声，声音慢慢变大，尽管他母亲的手指又竖了起来。接着，这声音变得更响，发展成了嚎啕声，随后是一下用力抽鼻子的绝望啜泣。他的父亲放下了正准备点燃的烟，停了一会儿，想看看接下

159

去会发生什么。当孩子的哭声再度响起的时候，这个男人狠狠地在桌子上面挥过手臂，用手背一巴掌抽中了男孩的脸。

真叫人难以置信，我想我从没有见过这一幕，一个健壮的男人是不能这样去打一个孩子的，而且这一巴掌的力道很猛，带着成年人的那种仇恨。孩子的头"啪"地一下侧了过来，那一巴掌把他和他坐着的椅子几乎推到了我的桌子旁。椅背先摔在地上裂开了，这使得男孩的头没有受伤。女招待向我们跑了过来，一边还呼唤着奥里亚克夫人。我连想也没想，自己就已经站了起来。一瞬间，我碰上了那位巴黎女士的目光。她一动不动，然后严肃地点点头。女招待已经扶起了那孩子，坐在地板上，喘着气发出长笛般悦耳的音调来安慰他。我记得她的声音十分甜美，这时我已经来到了那个父亲的餐桌边。

他的妻子从座位上站起身，对着那位女孩抱怨道："你不明白，小姐。你只会让事情更糟糕。那个孩子，他会尖叫，但他知道自己在做什么。他总是这么随心所欲。"

奥里亚克夫人没有出现。又一次，我没做任何决定和计划，就把自己搅和了进去。那个男人已经点好了烟。让我略感轻松的是，他的双手在发抖。他没有朝我看上一眼。我颤抖着声音开口了，说出的话语很清晰，意思基本准确能让人听懂，但事实上说得不够地道，不像詹妮表达的那样纯熟。说起法语时，我觉得自己的感情和口气都变得庄重肃穆，就像在台上进行表演；而且站在那里，我突然有种宏伟高尚的感觉，觉得自己就像那些无名的法国市民，平时默默无闻的他们在国家变革的历史时期中突然涌现，站在世人面前，临时发表了那些将永载史册的惊人语录。我这是在发表网球场宣言①吗？我是在富瓦咖啡馆②振臂高呼的德穆兰③吗？实际上，我说的话的字面意思就是："先生，像你这样殴打一个孩子实在令人作呕。你是个禽兽，禽兽，先生！你敢不敢和有你这块头的人打上一场？因为我很想打烂我的嘴巴！"

---

① 网球场宣言（Tennis Court Oath）：是一份由 577 名法国三级会议第三等级代表于 1789 年 6 月 20 日签署的誓言。它是法国大革命的序幕，通常被认为是法国大革命诞生的标志。
② 富瓦咖啡馆（the Café Foy）：位于法国巴黎皇宫广场（Palais Royal）上的一家著名咖啡馆，在法国大革命前夕是激进革命党人集会的所在地。
③ 卡米尔·德穆兰（Camille Desmoulins，1760—1794）：法国政论家，18 世纪末资产阶级革命活动家，右翼雅各宾党人，于 1789 年 7 月在富瓦咖啡馆号召巴黎市民拿起武器，组织民众起义暴动，最先点燃了震惊世界的法国大革命的导火线。

这句口误让这个男人松懈下来。他把椅子推离餐桌，抬起头冲着我笑了笑。他看见一个中等身材、脸色苍白的英国人，手上还紧紧攥着餐巾。对这样一个家伙，一个在粗壮的双臂上都刺有双蛇杖①文身的男人还有什么好害怕的呢？

"你的嘴巴？我会非常乐意帮你打烂它。"他把头向门外猛地一抽。

我跟着他走过空荡荡的餐桌。我简直不敢相信这一切。我们正在向门外走去。一股不计后果的兴奋激情让我的脚步轻飘飘的，似乎在餐馆的地板上跳起了摇摆舞。走出门去的时候，我要挑战的这个男人把弹簧门反摔在我的身上。他走在前面带路，穿过渺无人迹的街道，在立在一盏路灯下的一个加油泵前停住。他转过身来对着我，摆好架势，但是我已经打好主意，就在他举起手臂的时候，我的拳头已经带着我全身的力量向他脸上挥去。我正好重重地打在了他的鼻子上，这一击力量太大，打得他的骨头咔嚓作响。我感到我的指关节某处"叭"的一声折断了。他被我打晕

---

① 双蛇杖（caduceus）：即希腊神话中墨丘利（或赫尔墨斯）的节杖，杖上盘绕二蛇，杖顶有双翼。此杖为诸神使者的标志。

了，但人还没有倒下，这一刻让我感到心满意足。他的胳膊垂在身体两侧，人就站在那儿看着我。我用左拳又照着他的脸、喉咙和肚子揍了一下、两下、三下，直到他瘫倒在地上。我向后抬起脚，这时，要不是我听见了一个声音，我想我恐怕已经把他给踩死了。我转过身，看到一个瘦小的身影站在路对面灯光照亮的门口前。

那个声音很平静："Monsieur. Je vous prie. Ça suffit."（"先生，请您住手。够了!"）

我立刻意识到，驱使我下手的那股激情和所谓报复、正义一点关系也没有。我对我自己感到惊骇万分，便退了回去。

我穿过街道，跟着那位巴黎女士走进屋里。在我们等待警察和救护车到来的时间里，奥里亚克夫人用一卷绉纱绷带包扎了我的手，还走到吧台后面给我倒了一杯白兰地。在冰箱的最底层，她为那个男孩找到了夏天剩下的最后一盒冰淇淋。男孩仍然坐在地上，处于恢复当中，那位年轻漂亮的女招待用母亲般的怀抱搂住了他。必须指出，她面带欣喜，沉浸在深深的幸福里。

163

第四部

圣莫里斯-纳瓦塞勒，1946 年

1946 年春天，恰逢欧洲刚刚解放，再加上有利的外汇汇率，我的岳父母伯纳德·崔曼和琼·崔曼便趁此时机踏上了前往法国和意大利的蜜月之旅。1944 年，他们在布卢姆斯伯里①的议事大楼里初次邂逅，二人都在那里工作。当时我的岳父是一名剑桥大学的理科研究生，手头上有一份与情报部门相关的文职工作，事关特殊物品的供给。我的岳母通晓数国语言，她所在的办公室与自由法国②联系密切，用她的话来说，她的工作就是消除在与自由法国人士交流时产生的障碍和别扭感。偶尔她还发现自己与戴高

①　布卢姆斯伯里（Bloomsbury）：位于英国伦敦市中心，在卡姆登区南部，以其华美的公园和建筑、著名的花园广场、诸多医院和学术机构而闻名。
②　自由法国（Free France）：第二次世界大战期间戴高乐领导的法国反纳粹德国侵略的抵抗组织，1943 年前总部曾设在英国泰晤士河畔的一座大厦里，后迁至北非阿尔及利亚首都阿尔及尔。

乐同在一间屋子里。是一份涉及将脚踏缝纫机改造成发电机项目的翻译工作，将她带进了她未来丈夫的办公室。直到战争结束将近一年以后，他们才获准离开工作岗位。他们在四月喜结连理，并想在迎接和平时期、享受婚姻生活、开始平民工作之前，去度过一次夏日旅行。

在我尤为关注这些事情的年月里，对于处在不同阶层的人们所能找到的各不相同的战时工作，我曾做过许多思考，在丰富的选择面前，就我所知，那种为了体验新自由的朝气蓬勃的愿望，对我父母的生活没有产生丝毫影响。他们同样在战争结束不久后结了婚。我的母亲曾加入过妇女土地服务队①，后来我从一位姨妈那里得知，她讨厌那份工作。1943 年，她被转移到科尔切斯特②附近的一家兵工厂里干活。我的父亲在步兵营里服役。他毫发无伤地从敦刻尔克大撤退和北非战役中幸存下来，最后在诺曼底登陆时中了子弹。那颗子弹干净利落地穿过了他的右手掌，

---

① 妇女土地服务队（The Land Girls）：正式全称为 Women's Land Army（简称 WLA），于 1917 年建立，在一、二战期间征召女子代替服役男子从事户外农业劳作。

② 科尔切斯特（Colchester）：英格兰东部埃塞克斯郡的一座城镇，位于距伦敦东北 90 公里处。

168

连一块骨头也没伤到。其实我的父母本也可以在战后去旅行的。据我所知，就在我父亲复员回家的时候，他们从我的祖父那里继承了数百英镑的遗产。按理来说，他们可以自由地安排出行，不过我怀疑：不管是他们自己还是他们的朋友们，都没有产生过这种念头。这笔钱被用来买下了我和姐姐出生时所在的那栋排屋，以及用来安置家里的五金生意（我曾把这看作是我家庭背景狭隘的又一个方面）；而正是这笔投资，让我们的生活在父母突然离世之后得以有所保障。

现在我想我又了解得更清楚了一些。我岳父的工作是解决诸如为地处偏远、没有电力供应的法国农庄里的无线电发报机设计无声发电机这样的问题。晚上他回到自己位于芬奇利①的住处，吃单调的战时配给餐，周末时还去科巴姆②看望他的父母。后来在战争期间，他谈起了恋爱，生活中开始有了影院幽会和奇特恩斯的周日旅行。相比之下，一名步兵中士的生活却是：被强令出国征战，枯燥单

---

① 芬奇利（Finchley）：位于英国伦敦北部巴奈特区（Borough of Barnet）的一个富人街区。
② 科巴姆（Cobham）：英国萨里郡的一座城镇，位于距伦敦西南约32公里处。

调和紧张压力交替折磨，亲密战友们非横死即重伤，毫无隐私可言，没有女人陪伴，来自家乡的消息也时续时断。这种倍受约束的生活以及颇有节律的普通日子，那段忍着一只手掌中的剧痛、向东穿越比利时的缓慢而艰难的跋涉，对我那不了解内情的岳父母来说，一定闪耀着诱人的光芒。

了解这些差异并不能为他们增添多少吸引力，我也一直清楚自己更喜欢那种参与战争的方式。这对蜜月中的年轻夫妇在六月中旬来到了意大利海滨小镇勒里希①。战后欧洲——尤其是在法国北部和意大利——的混乱局势和被蹂躏的惨状深深地震撼了二人。他们主动请缨，要在小镇边上的国际红十字会包扎站从事六星期的志愿工作。这是一项既枯燥又艰巨的工作，而且时间很长。人们筋疲力尽，全神贯注于解决日常生存事宜，似乎从没有人在意过这是一对正在度蜜月的夫妇。那个顶头上司也讨厌他们，他对英国佬抱有一腔积怨，以至于他傲慢到不愿意谈论这个话题。他们当时寄住在马西莫夫妇家中，那对房东夫妇还在为他们仅有的两个儿子在意大利投降前的同一周、相隔五

① 勒里希（Lerici）：位于意大利中北部港市拉斯佩齐亚（La Spezia）附近的一座小镇，西北距热那亚（Genoa）约80公里，是闻名的游泳胜地。

十英里开外的地方死去而痛不欲生。有好几个晚上，这对英国夫妇都被楼下那对苍老的父母因丧子之痛而哭泣的声音所惊醒。

至少从单据上来看，食物的配给是足够的，然而地方上的腐败却将配给缩减到了最少。伯纳德患上了一种皮肤病，病情从他的双手一直发展到脖颈乃至面颊上。而琼每天都会遭遇求爱骚扰，尽管她特意戴上黄铜的窗帘拉环当作结婚戒指。男人们总是站得离她很近，或是在经过幽暗的包扎站棚屋时有意无意地蹭到她，或是在她的屁股或裸露的前臂上捏一把。别的女人告诉她，问题就出在她那一头金色的秀发上。

崔曼夫妇俩本来可以随时离开，但他们还是坚持了下来。这是他们为自己安逸度过战争所做出的小小赎罪，是他们的理想主义的表现，也是他们为了"赢得和平"和"帮助建立一个新欧洲"而付出的努力。然而他们离开勒里希时的情形却实在令人伤感。没有人注意到他们的离去。悲伤的意大利人正在顶楼为一位垂死的家长举行临终仪式，整座房子里挤满了亲属。红十字会救护站卷入了一起盗用公款的丑闻。八月初的一天，在破晓之前，伯纳德和琼悄悄地离开了那里，在公路旁等待带他们北上前往热那亚①的汽车。当他们站在微亮的光线中沮丧而沉默着的时候，如果此时他们知道自己已经有了第一个孩子，一定会为他们对新欧洲作出的贡献而感到欣喜。这个女孩便是我未来的妻子，有朝一日她会为在欧洲议会中争得一席之地而奋斗。

他们一路乘坐汽车和火车旅行，向西经过普罗旺斯，穿越暴发的山洪和雷电交加的暴风雨。在阿尔勒，他们遇见了一位法国政府官员，他开车载着他们来到了朗格多克的洛代沃。他告诉他们，如果他们在一周内去他所在的宾馆找他，他将会顺路带他们前往波尔多。此时天空已经晴朗，离他们回英国还有两个星期的时间，于是他们决定开始一段短程徒步旅行。

这个地方属于喀斯地区，整片石灰岩高原坐落在高出滨海平原一千英尺的地方。在一些地段上，峭壁一直向下垂落数百英尺，蔚为壮观。洛代沃就坐落在一条隘路的底端，当时那还只是一条狭窄的乡间小道，如今已经变成了

---

① 热那亚（Genoa）：位于意大利北部热那亚海湾，是利古里亚大区的首府和著名海港城市。

繁忙的9号国道①，仍然是一条不错的上坡路，但由于交通繁忙，步行起来并不令人感到愉快。在那段日子里，你可以一整天平静稳健地在高耸嶙峋的岩石间攀行，直到你可以看见在身后三十英里外，南面的地中海闪烁着粼粼波光。崔曼夫妇在勒凯拉尔②小镇里过了一夜，还买了两顶牧羊人戴的宽檐帽。第二天早上他们离开了大路，随身带了两升水，穿越"拉扎克的喀斯"，朝东北方向进发。

这里是法国最空旷的地带之一，人口甚至比一个世纪前还要少。布满尘土的小径在茫茫无边的灌木、荆豆和黄杨中间蜿蜒，即便在最详细的地图上也未被标识。废弃的农场和小村庄坐落在一片令人惊叹的绿色深处，那些小型牧场被古老的石墙和小径分开，两侧则被高大的黑莓灌木丛、野玫瑰和橡树包围，带有一丝英国式的亲切感。但是很快它们又被巨大的空旷所取代了。

在这一天行将结束的时候，崔曼夫妇经过了一处史前埋葬墓室，普鲁纳莱德巨石墓。接着仅仅走出几码远，他

---

① 9号国道（RN9）：一条从北到南的陆路交通干线，穿越法国中央高原，现即将成为A75号高速公路的一部分。
② 勒凯拉尔（Le Caylar）：法国南部埃罗省内的一座乡镇，位于洛代沃的北部。

们就发现自己站在一个被威斯河冲刷形成的巨大峡谷上。他们停下来，吃掉了储备的食物——一种在英格兰从未见过的巨型番茄，已经放了两天、像饼干一样硬的面包，还有一根粗红肠，琼用伯纳德的袖珍折刀将它切开。他们已经好几个小时没有说话，而现在，当他们坐在巨石墓的水平石板上、越过那道大裂隙向北凝望"布兰达的喀斯"乃至更远处隆起的塞文山脉的时候，一场热烈的讨论爆发了。伴随着他们对未来生活的预感，明天他们将采取哪条路线穿越这片壮丽的陌生乡野成了话题。伯纳德和琼都是共产党员，他们探讨着摆在前方的道路。一连几个小时里，他们谈论着错综复杂的国内详情、村庄之间的距离、步行途径的选择、法西斯的败亡、阶级斗争以及浩瀚的历史变革——这变革的方向已为科学理论所预见，而这也赋予党不可剥夺的统治权利——所有这些都一并融入了那壮丽的景色。一条诱人的大道从他们爱情的起点缓缓铺展开来，经过喀斯高原和众山脉壮阔的风景，就在谈话间，它们渐渐被夕阳染红，随后便黯淡下去。随着暮色渐浓，琼的忧虑也随之加剧。她已经开始失去信仰了吗？一种永恒的沉寂在诱惑她，试图将她拖入深渊，而每当她停止自己乐观的闲聊去留心它时，这份空白却自始至终地充斥在伯纳德那洪亮的陈词滥调、如军事化般贫乏无趣的话语，还有马克思列宁主义思想中那些所谓的"前线"、"进攻"和"敌人"等云云之中。

傍晚时分，二人流连在通往邻近圣莫里斯的小村庄的路上，他们通过做爱来总结（或者可以说是延续）他们对于未来的讨论，或许就在小径最柔软舒适的那一段上。只有在那时，琼才得以暂时驱散脑中那亵渎神明的困惑。但在第二天，第三天，直到后来所有的日子里，他们都没有涉足这种有关他们未来的充满隐喻的场景里。第二天他们就折了回来。他们根本没有走下威斯河谷的高原，根本没有打那消失在岩山深处、向上抬升的神秘水渠边走过，根本没有通过中世纪的桥梁跨越河流，向上攀登并穿过"布兰达的喀斯"，在史前的糙石巨柱、环状列石或是散落在荒野中的巨石墓之间漫步，也根本没有开始塞文山脉那通往弗洛拉克①的漫长的上行坡路。第二天他们就开始了各自的旅程。

---

① 弗洛拉克（Florac）：法国朗格多克-鲁西永大区洛泽尔省的一座乡镇，位于塞文山脉北部。

清晨，他们从圣莫里斯的椴树旅舍出发了。当他们穿越了大片迷人的牧场和荆豆田、从村庄来到峡谷边缘时，他们再次陷入了沉默。还不到九点，天气已经十分炎热。他们迷路了十五分钟，不得不抄近路穿过一片田野。聒噪的蝉鸣，踩在脚下散发着清香的干草，淡蓝色的天空中一轮毒辣辣的太阳——所有在前一天里看上去还那么奇特的南方景物，在今天却令琼感到烦恼。她正离自己寄存在洛代沃的行李越走越远，这让琼感到心烦意乱。在早晨刺眼的阳光中，干旱贫瘠的地平线，前方干燥的山区，以及为了能在当天到达勒维冈①而必须要走的数英里的路——这一切都像沉重的包袱一样压在她的心头。她的不确定让她觉得，在前方数天的行程里他们都将是去毫无意义地兜圈子。

伯纳德尽管脚步有点蹒跚，却一直大步前进着，他的脚步就像他的想法那样充满信心，这时，琼已经落在他后面三十英尺了。她略带负罪感地沉浸在了那些小资产阶级

---

① 勒维冈（Le Vigan）：法国朗格多克-鲁西永大区加尔省的一座乡镇，位于中央山脉南部。

式的想象中：他们将在英国买下的房子，擦得干干净净的厨房餐桌，以及她妈妈送给她的蓝白相间的朴素瓷器，还有他们的孩子。在前方，他们已经可以看到峡谷北面那垂直陡峭的可怕悬崖。地面已经开始缓缓下降，植被也在发生变化。然而，琼并没觉得心情轻松愉悦，她感到的是一种无缘无故的恐惧，它太微弱了，以至于无法大声地说出来。这种旷野恐惧症或许是由她腹中正在成长的幼小生命、由于那些为形成詹妮的肉体而快速分裂的细胞所造成的。

仅仅出于一种微弱且无可名状的焦虑就折返回去，这是不可能的。前天他们还一致认为，在这里，他们总算可以为数月来的异国旅程画上一个圆满的句号。在红十字会包扎站的六个星期已经成为过去，英国的冬天就在前方等待着，为什么她现在却无法为这充满阳光的自由而感到高兴呢？她这到底是怎么了？

当小径陡然开始下降时，他们停住脚步，惊叹于眼前的景致。在远处的另一端，在明亮空荡的半英里空间距离开外，面朝他们的，是一堵垂直下落三百英尺、如同一张烤盘似的巨大岩壁。一些胭脂栎利用岩石裂隙中和岩架上的少许土壤在此扎根，零零星星地生长在巨岩之上。这股逼着生命在最恶劣最艰难的地方扎根的狂野活力，让琼觉得厌烦。她感到一阵强烈的恶心。一千英尺下面就是威斯河，被隐蔽在了树丛中。在这布满阳光的空旷大气里，似乎隐藏着一种视觉无法触及的黑暗。

她站在小路上，和伯纳德小声交流着赞叹的话语。附近的土地已经被同样在此驻足欣赏的其他旅行者踩平了。这只是一种虔诚的表现，正常的反应应该是恐惧。她模糊地想起自己读过的十八世纪旅行者们在游历英格兰湖区①和瑞士阿尔卑斯山区的记述。山峰是可怕的，垂直下落的峡谷让人恐惧，未加驯服的蛮荒自然是一片混乱，是对人类堕落之后的时代的一份训诫，是一次严重的警告。

她的手轻轻搭住伯纳德的肩膀，她的背包放在双脚中间的地上。她开口说服自己，她倾听伯纳德的话语使自己相信：他们眼前的这片风景是令人振奋的，正是在这份自然当中存在着某种象征意义，反映了人性的善良。不过，当然，仅凭干旱的气候一项，这块土地就是他们的敌人。在这里生长的一切都显得坚硬、矮小、多刺、充满敌意乃

---

① 英格兰湖区（Lake District）：位于英格兰西北部的一个风景优美的多湖泊地区。

至不能轻易触碰，为了苦苦求生而保存自己的汁液。她将她的手从伯纳德的肩膀上移开，向下去取她的水壶。她无法说出自己的恐惧，因为它听上去是如此荒唐。在不安中，她寻思着自己的各种身份，去怂恿自己享受眼前的风景并继续前行：一个和自己的丈夫相亲相爱、即将成为母亲的女人，一个社会主义者和乐观主义者，一个富于同情理性、毫无迷信思想的人，正在与自己的专长相联系的国家里徒步旅行，为战争时期的漫长岁月和在意大利数周的枯燥时光做一番弥补，在面对英国、职责和冬天之前，抓住这最后一段无忧无虑的假期。

她抛开她的恐惧，开始热情地说起话来。然而，从地图上她了解到，他们距这条流经纳瓦赛勒的河流的上游还有几英里远，下完这段陡坡需要 2 到 3 个小时，爬出这段峡谷的路途会短些，但也更加陡峭，他们得在中午的酷热天气下走完这段路。整个下午他们都会在穿越"布兰达的喀斯"的路上，她现在就可以望见这片高原分布在峡谷的另一边，在烈日的炙烤下显得有些扭曲变形。她需要集中她所有的力量，于是她不停地说话。她听到自己正在善意地将威斯河谷和普罗旺斯的韦尔东峡谷①作比较。说话时她倍感高兴，尽管她讨厌世界上所有的峡谷、深沟和裂缝，而且一心想着要回家。

当他们拾起背包准备再度出发时，伯纳德正在滔滔不绝。他那张温厚善良、下巴上长满胡楂的宽大脸庞和那对突出的耳朵已经被太阳晒伤了，晒干的皮肤让他看起来灰头土脸的。她怎么能让他失望呢？他正在讲克里特岛②上的一条深谷。他听说在那儿春天野花遍开，有一个盛大的徒步旅行活动正在举办。也许明年他们应该去那里。她走在他前面几步远的地方，夸张地点了点头。

她想，她不过是受到了一段转瞬即逝的情绪的影响，感到了一种在事物开始时产生的不安，而律动的走路可以让她安心。等到了傍晚，在勒维冈的旅店里，她的这份焦虑会变成一段趣闻逸事；在他们举杯对饮时，它们会变成这丰富的一天的一部分。宽阔倾斜的坡面上，小径随意地

---

① 韦尔东峡谷（the Gorge de Verdon）：位于法国东南部上普罗旺斯的阿尔卑斯山与瓦尔省之间，是世界第二大峡谷，长约 25 公里，深达 700 米，由韦尔东河冲刷形成，形成了欧洲最美的自然景观之一。

② 克里特岛（Crete）：位于地中海北部、爱琴海之南，是希腊的第一大岛屿和地中海著名旅游胜地。岛上有山地和深谷，风景优美，还有断崖、石质岬角及沙滩构成的海岸。

曲折延伸，走下去很是方便。琼欢快地调整了一下戴在头上的宽檐帽，遮住阳光，摇摆着双臂，轻快地跑下斜坡。她听到伯纳德在后面叫她，但她选择不予理会。或许她还在想，像这样大步地走到他前面去，没准儿会让他感到沮丧泄气，这样他会主动提出往回走。

她来到了小径上的一个 U 形路口，拐了过去。前面一百码的地方，在第二个转弯处前，有两头驴子。这里的道路更宽敞了，一丛丛灌木围在小路两侧，像栽种出来的那样有规律地分布着。她瞥见了远处下方某个有趣的东西，便站在小路边上倾身往下看。那是一条用石头修葺而成的灌溉水渠，就建在峡谷的一侧。她可以看见在它旁边有条平行的小路。半个小时后，他们就可以在那里擦把脸，把手浸在清凉的水中。当她离开小路的边缘时，她又往前看了一眼。这时她意识到，那两头驴子其实是狗，两条体型异常巨大的黑狗。

她没有立刻停住脚步。一股寒气从她的胃部涌出，朝下一直穿过双腿，使任何即时的反应都麻木了。她颤颤悠悠地减慢速度，又走了五六步才停下来，一动不动地倾斜着身子站在小径中间。它们还没有看见她。她对狗了解得

181

不多，也并不是很害怕它们，甚至连喀斯高原周围那些偏远农庄里的大型动物也只不过让她稍微有些担心。而在七十码开外、堵在小径上的这两只动物，仅仅是在轮廓上看起来像狗，从体型大小上看，它们更像是神话故事里描述的野兽。它们的突然出现，还有那异常的体型，让她想到了哑剧中的一条神谕，一个需要她独自解读的寓言。她胡乱中想到了一些中世纪的东西，一种既严肃又恐怖的戏剧性场面。从这个距离看过去，那些动物好像在安静地吃草。它们散发着某种寓意。恐惧令她感到虚弱和恶心。她等待着伯纳德的脚步声。当然了，她并没有把他甩得太远。

在这片土地上，为人类工作的动物都瘦小而结实，不会有人用得到像驴子一样大的狗。这些动物——或许是一种巨型獒犬——正在小径旁的一片草地上嗅来嗅去。它们没有项圈，没有主人。它们的动作也很缓慢。它们似乎正在为某种目的共同行动。它们那身黑色的皮毛，还有这两条狗竟然都是全身泛黑，呆在一块儿，而且不属于任何人，这一切让她想到了幽灵。琼并不相信这种事情。她现在突然想起幽灵，是因为这些动物令她感到熟悉。它们是她所预感到的威胁的象征，是早上她那种无可名状、无法说清、无从提起的不安感受的具体体现。她不相信世上有鬼魂存在。但她相信人会陷入疯狂。与这些狗的现身相比，更让她害怕的是：事实上它们可能并不在那儿，它们根本就不存在于这个世上。在两条狗中，那只比它的同伴小一点的狗抬起头，看见了她。

它们可以分头行动，这似乎证明了它们是真实存在的。这可实在没法叫人感到欣慰。当另一只较大的狗继续在草地上嗅来嗅去时，这只狗一动不动地站着，抬起一只前爪看着她，或许正在炎热的空气中嗅着她的气味。琼是在农村边上长大的，但她实际上还是个城市姑娘。虽然她还知道现在不能跑，但她只是那种适合坐办公室、逛图书馆、进电影院的都市女孩。在过去的 26 年里，她也经历过几次属于平均数的危险：曾经有一颗 V 型飞弹在距她的藏身处300 码的地方爆炸；在灯火管制初期，她乘坐的公共汽车曾经与一辆摩托车相撞；九岁时在一个隆冬季节，全身穿着厚重衣服的她跌进了一个杂草丛生的小池塘里。现在，她记忆中所有这三次危险的经历，或者所有那些历险经过时间浓缩后留下的印象，都涌入了她的脑海里。那只狗前进了几码，然后停了下来。它的尾巴放得很低，前脚牢牢地插在地上。琼向后退了一步，然后又退了两步。她的左腿膝盖关节在发抖，右腿要好一些。她想象着那只动物眼中的视野：一片毫无色彩、如水墨画般的图景，一个轮廓模糊、徘徊不前的竖直物体，无疑是个人类，一个可以吃的人！

她可以肯定，这些无主的野狗一定很饥饿。在这片区域，在这个离圣莫里斯有两英里甚至更远的地方，即使是猎犬也会度日维艰。它们是警卫犬，被驯养出来就是为了发动攻击，而不是苟且生存。如果事实并不是这样，那它们就是两只已经长到失去了魅力，或者是需要耗费太多食物的宠物狗。琼再一次向后退。她很害怕，也有理由害怕，怕的不是狗本身，而是这两条现身荒野、不同一般的狗所拥有的异常体型。或许她还怕它们身上的颜色？不，不是的。第二只更大的狗也看到了她，它走上前，立在它的同伴身边。十五秒钟过去了，它们一动不动，然后它们才开始向她走来。如果它们突然开始跑动，她会在它们面前束手无策。但她需要紧紧盯住它们，她必须看着它们过来。她冒险地朝背后瞟了一眼：洒满阳光的小路上空空如也，毫无伯纳德的身影。

他还在她身后三百多码远的地方。刚才在他停下脚来系好鞋带时，他被眼前的一幕吸引住了：他发现，在离他的鞋尖几英寸的地方，有两打褐色的毛毛虫正排成一队向前行进，每一只的口器都钳住了前一只的尾部。他向琼呼喊，想叫她也过来看看，但这时她已经走过了第一个拐弯处。伯纳德对科学的好奇心被勾了起来。这一队毛毛虫穿越小径路面的征途似乎是有目的的，他很想知道它们到底要去哪里，等到达目的地以后又会发生什么。他屈膝跪下来，手里端着他的照相机。从取景器里他看不到什么东西。他又从背包里拿出一个笔记本，开始作速写。

狗离琼已经不到五十码远了，而且它们走得很快。等它们来到她面前时，会有齐腰那么高，也许更大。它们的尾巴下垂，嘴巴大张，琼可以看到它们粉红色的舌头。在这片土地上，除了她那暴露在宽松的短裤下面、被太阳灼伤的柔软双腿之外，再没有其他粉红色的东西。为了安慰自己，她强迫自己回忆起一只属于她一位姨妈的老年湖畔㹴①，回想它如何慢慢地穿过教区长住宅的门厅，脚趾甲

---

① 湖畔㹴（Lakeland terrier）：犬名，起源于18世纪的英国北部湖畔地区，最初叫作佩特戴尔㹴（The Patterdale Terrier），由贝德灵顿㹴和老式英国刚毛㹴交配发展而来的，是最古老的一种工作㹴。

走在抛光的橡木地板上时啪嗒作响，来欢迎每一位新的访客，既无善意也无敌意，而是显出尽职尽责般的好奇。狗对人类总是怀有一种不可削弱的敬意，这种敬意是在人类对狗数代的驯养中形成的，并基于一个毋庸置疑的事实——人类睿智，狗儿愚笨；而且狗本身就以忠诚著称，对人类存在依赖，还卑屈地甘愿被人类统治。但在这里，这些法则被暴露了出来：它们不过是一种惯例，一纸脆弱的社会契约。在这里，人类的优越权力并没有得到任何承认。眼前只有这一条小路，它属于能在上面行走的所有生物。

两只狗继续叛逆地前进着。琼继续后退。她不敢奔跑。她又喊了一次伯纳德的名字，然后是第二次、第三次。她的声音在晴朗的空气中听起来很微弱。这让狗走得更快，几乎已经在慢跑了。她决不能流露出她的恐惧，但它们可以从她的身上嗅出来，那么她绝不能感到自己的恐惧。她双手颤抖，在小路上胡乱摸索，寻找石块。她找到了三块。她将其中一块握在右手上，把另外两块夹在左手和身体之间。她侧着身体向后退却，将左肩对着那两只狗。在小路凹陷下去的地方，她绊了一跤，摔倒在地。她在焦虑中急于重新站起身，身体几乎从地面上弹了起来。

石头还在她手上。她的前臂被划伤了。鲜血的气味会让那些狗更兴奋吗？她想吮掉伤口上的血，但要那样做她就得抛掉石块。离拐弯处还有一百多码远。那些狗就在二十码开外，并且还在逼近。最后，她停了下来，转身直面它们。这时，她感到自己的意识离开了身体；这个超然的自我正准备冷眼旁观——更糟的是准备默许——让一个年轻的女人被活生生地吃掉。她鄙夷地注意到：自己在每次呼气时都发出了呜咽声，而肌肉痉挛让左腿颤抖得如此厉害，再也承受不住她的重量了。

一棵小橡树在小路上突出来，她斜靠在树上。她感到背包夹在了她和树中间。她将背包从肩膀上卸下来，举在她的面前，石块一直没有离手。离她只有十五码时，两只狗停住了。她意识到，自己刚才一直死抱着最后的一线希望：她的恐惧不过是在犯傻。当她听到大一点的那只狗的低声咆哮、她的最后这一线希望破灭的时候，她就意识到了这一点。较小的那只狗正平贴在地面上，前脚绷紧，准备扑上前来。它的同伴缓慢地绕着圈子转到左边，和琼保持着一定的距离，直到她只能左右转动眼球、使它们都在

187

她的视野中时才停下来。这样一来,琼所看到都是振动着的影像,一系列不连贯的细节:怪异的黑色牙床,边缘沾满了盐的松弛的黑色嘴唇,一线即将滴下的唾液,中间有道深沟、边缘卷曲而光滑的舌头,一对布满血丝的黄眼睛,牢牢黏在毛皮上的眼屎,前腿上开裂的伤口,还有那张开的 V 形大嘴里、在下颚深处让她的视线不停返回的一层泡沫。它们身上飞舞着许多苍蝇,其中有一些已经飞到了她的周围。

伯纳德并没有从速写中得到乐趣,他的速写与他所看到的实物也不大像。这些速写代表着他所知道的东西,或者是想要知道的东西。它们是注释用的图解,或者是地图,以后他会填上现在缺失的名字。即使今天他不能亲自发现它们要去哪里,但如果他能认出这种毛毛虫,他也就可以很容易地从参考书中找到这一答案。他把毛毛虫描绘成比例放大的椭圆形。近距离的观察表明,它们的身体并非棕色,而是隐约带有由橙色和黑色组成的条纹。在他的图解上,他只用铅笔画下了一组条纹,长度是严格按照比例画的,并用箭头标明它们的颜色。他清点了一下这队毛毛虫的数量——这不是件容易的事,因为每一只都混在另一只的毛里。他记录的数字是二十八只。他画了一张毛毛虫领队的正面像，标明了下颌和复眼的相对大小和位置分布情况。当他屈膝跪下身来、把脸贴在路面上近距离观察毛毛虫领队的头部时，他看到了一张可以活动、组成部分神秘莫测的脸。他想：这些对我们来说怪异非凡的异形生物，就像是从外太空来的想象中的生物一样，而我们正和它们共享着同一个星球；可我们却给它们命名，然后不再去看它们，或者是它们的尺寸妨碍了我们去看。他提醒自己要记得将这个想法讲给琼听。或许她现在正沿着小径走回来找他，可能还会有点生气。

她正向两条狗发号施令，先是用英语，然后是用法语。她说话时使足了力气，以减轻她的恶心感觉。她用一位自信的狗主人的口吻命令那只较大的狗，它正前腿分开地立在她面前，仍然在低声咆哮。

"Ça suffit!"

它没有听到。它连眼也没眨。在她的右边，它的同伴正肚皮贴地匍匐前进。如果它们叫出声来，她还会觉得好受些。低吼中间隔的沉默说明它们正在算计。这些动物有个计划。一丝唾液从较大的狗的下颌滴到小路上。好几只

189

苍蝇立刻扑了上去。

琼轻叫道："请走开吧。求你们了。噢上帝啊!"这句感叹把她带向了传统思维，现在就是她最后也是最好的机会。她试图去寻找她身体中上帝所在的位置，她觉察到一个模糊的轮廓，一种她以前从没注意到的空旷感，位于她的头骨后面。它好像升了起来，并向前向外涌出，在数英寸高的地方流动，突然形成一个椭圆形的阴影，像是一个装有波动能量的气囊，或者，就如后来她试着解释的那样，一道包围着她、容纳着她的"看不见的彩色光芒"。如果这就是上帝，那么毋庸置疑，这也就是她自己。它可以帮助她吗？这份存在会因为她的这种突然而自私的信仰皈依而感动吗？向如此清晰闪亮的东西、向她那扩张的自我发出的一份请求、一句带着呜咽的祈祷，似乎与现实状况毫不相干。即使在这个紧要关头，她也明白自己发现了一些非同寻常的事情，她决定活下来并且去调查它。

她依然握住石块，将右手滑进她的背包里。她从包里掏出前天他们吃剩的粗红肠，然后把它扔在地上。较小的狗抢先过来，但又立刻把香肠让给了它的同伴。香肠和包在外面的防油纸在三十秒钟内被吃得干干净净。那只狗又流着口水转向她。一张三角形的防油纸碎片黏在它的两颗牙齿中间。母狗使劲嗅着曾经有香肠的地方。琼再一次将手伸进背包里。她感觉到在一叠折好的衣服里有个坚硬的东西。她抽出了一把胶木柄的折叠小刀。那只较大的狗向她快速走了两步，离她只有十英尺远了。她把石块移到左手上，用嘴巴咬住刀柄，然后把刀打开。她没有办法同时拿着刀和石头。现在必须得做一个抉择。这柄刀刃有三英寸长的小刀将作为最后的手段，只有在狗已经扑到她身上的时候才能使用。她将小刀平放在背包顶部，刀柄朝向自己。她又将石头转移到右手里，向后靠在树上。在恐惧中她握紧石块，让整块石头都变暖了。她收回手。由于她准备要进攻了，她的左腿就颤抖得更加厉害了。

石块狠狠地砸在地面上，碎石在小径上四处飞溅。那只大狗她打偏了大约一英尺。当石头飞向它的脸时，它畏缩了一下，但它仍然站在原地，低下鼻子去嗅石块砸到的地方，希望能找到吃的。当它再一次看她时，它把头扭向一边，咆哮起来，发出一阵气流震动黏液、呼呼作响的可怕声音。她怕的就是这个。她让她的处境更加危险了。她拿起了第二块石头。母狗放平耳朵，向前滑行。她疯狂而绝望地扔出石头。石块出手太早了，无力地掉在了一边，她那失重的手臂在空气中一挥而过。

大狗已经俯下身去，准备扑上前来，它在等待琼的片刻分神。它臀上的肌肉颤动着，一只后爪扒地，寻找着更好的着力点。她只剩下几秒钟的时间了，她的手已经抓住了第三块石头。石块从它背上飞过，砸在路上。这声音引得狗半侧过身，就在那一刻，在这额外的一秒钟里，琼冲锋了。她没什么好失去的了。在不顾一切的谵妄中，她进攻了。她由恐惧转向愤怒：她的快乐，之前数月的美好希望，还有现在这道非同寻常的光芒，都将被这一对野狗所毁灭。她把刀抓在右手里，提起背包当作盾牌，冲向那两条狗，发出一声可怕的尖叫——"啊啊啊啊啊啊啊!"

那只母狗跳了回去。那只大狗却朝她扑来。它一跃而起。她向前倾身去迎击那股冲力，它一口咬进了背包里。它用后腿直立着，而她仅靠一只胳膊的力量去支撑它。这股重压令她弯下身去。狗脸离她的脸上仅几英寸远。她用小刀狠狠地往上捅，朝它的腹部和体侧连捅了三刀。让她惊讶的是，刀刃很容易就戳了进去。真是把好刀。第一刀下去，那双黄红相间的狗眼猛地瞪大了。第二刀和第三刀

192

下去，在它松嘴放开背包前，它发出一阵凄厉的尖吠声，就像那小狗发出的噪音。听到这声音，琼士气大振，她又尖叫了一声，第四次向上猛刺。但这时它已经撤了下去，她刺了个空。手臂的摇摆让她失去了平衡。她四肢伸开向前冲去，脸朝下摔在了地上。

刀已经不在她手上了。她的后脖颈暴露了出来。她一耸身，长久地颤抖着，蜷缩着肩膀。她收起手臂和双腿，用手遮住脸庞。它现在要来了，她一心想着。它就要来了。

但什么事也没发生。当她壮起胆子抬起头时，她看见，那两只狗已经在一百码开外了，而且还在继续飞奔，沿着它们来时的路跑回去。接着，它们拐过了角落，消失不见了。

十五分钟后，伯纳德找到了她，她正呆坐在小路上。当他扶她起来时，她简短地说自己受到了两条狗的惊吓，她想要回去。他没有看到那把染血的小刀，琼也忘记捡起它了。他开始告诉她，错过通向纳瓦赛勒的坡路的美丽风景有多么愚蠢，他一个人就能对付那些狗。但是琼已经走开了。她不是那种会强行做出突然决定的人，就像现在这样。捡起她的背包时，他发现在帆布上有一排弯曲的孔洞和一层泡沫，但他太专注于想要赶上琼了，就没怎么在意。当他赶上她时，她摇摇头。她无话可说。

伯纳德拉住她的胳膊，让她停下来。"我们至少要讨论一下吧。你知道，这计划变得太突然了。"他能看出她正失魂落魄。他在竭力控制自己的恼怒。她抽出胳膊，继续往回走。她的脚步有点机械。伯纳德又追上她，两个背包的重量让他气喘吁吁。

"出事了。"

她无声地表示默认。

"看在上帝分上，告诉我出什么事了。"

"我不能。"她还在向前走。

伯纳德大叫起来。"琼！这太没道理了。"

"别叫我开口。带我回圣莫里斯，伯纳德。求你。"

她没有等他回应。她不想跟他争论。他从没见她这样过。他突然决定照她说的去做。他们走回峡谷顶部，在愈发炎热的天气下穿过牧场，朝乡间别墅的高塔走去。

在椴树旅舍，琼沿着台阶登上露台，坐在酸橙树的斑驳树影下，双手紧紧抓住一张上过漆的铁皮桌子的边缘，仿佛挂在悬崖边上似的。伯纳德喘着粗气，在她对面坐下，正要开始问他的第一个问题，突然她抬起双手，掌心朝外，摇了摇头。他们点了香橼鲜榨果汁。在他们等待的时候，伯纳德比较详细地向她讲述了毛毛虫队列的故事，还记得讲了他对其他物种的奇异属性的观察。琼时而点点头，虽然时机并不总是恰到好处。

女店主奥里亚克夫人送来了他们的饮料。她是一位忙碌而充满慈爱的女士，昨天晚上他们还给她取了个绰号叫温迪琪夫人①。1940 年，当德国人从比利时越过法国边界的时候，她就失去了丈夫。在听说这对夫妻是英国人，而且正在度蜜月后，她把他们搬进了一个带浴室的房间，没有多收一点费用。她端来的托盘上放着倒满柠檬汁的玻璃杯，一个贴着茴香开胃酒标签、盛有清水的玻璃水壶，还有一碟用来当糖吃的蜂蜜，因为那时糖还属于限额配给品。她感觉琼有点不对劲，因为琼在接过杯子后又很小心地放了下来。接着，在伯纳德注意到的那一刻前，她发现琼的右手上血迹斑斑。她误以为是琼在流血，便拿起琼的手放

---

① 温迪琪夫人（Mrs. Tiggy-Winkle）：出自英国女作家毕翠克丝·波特（Beatrix Potter）的著名童话系列《彼得兔》（*The Tale of Peter Rabbit*），是一只矮矮胖胖、慈祥善良的刺猬夫人形象。

在自己手里，惊叫道："这道伤口很严重啊，你这可怜的小家伙。跟我进屋里来吧，我给你包扎一下。"

琼顺从地站了起来。奥里亚克夫人托着她的手，正要带她进旅舍里面去，这时，琼的脸扭曲起来，她发出了一个奇怪的高音，就像一声惊叫。伯纳德站了起来，他惊呆了，以为自己将要目睹分娩、流产或是某种非同寻常的女性灾难。奥里亚克夫人显得更为镇定，她抓住这个年轻的英国女人，让她轻轻地坐回椅子上。在经过一阵无泪的、断断续续的呜咽后，琼最终像孩子一样哭了出来。

当她可以重新开口说话的时候，琼讲述了她的故事。奥里亚克夫人紧挨着她坐着，叫人取来白兰地。伯纳德越过桌子抓住琼的手，但一开始她并不愿从他那里得到慰藉。在那紧要关头，他不在她身边，她还没原谅他呢，而他居然又描述起那可笑的毛毛虫，这就更加令她愤懑不平。但是，当她讲到故事的高潮时，她看到了伯纳德惊愕和骄傲的表情，便用手扣住了他的五指，他充满爱意地挤压着她的手指，而她则报以回应。

奥里亚克夫人叫侍者去接村长过来，哪怕他已经开始了午睡。伯纳德抱住琼，向她的勇气表示祝贺。白兰地让她的胃感觉暖洋洋的。她第一次意识到自己的经历是完整的，最糟也不过是段鲜活生动的记忆。这是一个传奇故事，她已经从中完美地解脱了出来。在宽慰中，她想起了自己对亲爱的伯纳德的爱情，因此，当胡子拉碴、因午睡被打搅而头昏脑涨的村长走上通往露台的台阶时，他看到了一幅欢乐喜庆的场景，一幕小小的田园风光，而奥里亚克夫人正在微笑。自然而然的，他烦躁地问起话来，想知道是什么事情如此紧急，竟非要让他下床、顶着响午后的大太阳到这里来。

奥里亚克夫人似乎对村长有着某种威慑力。在村长和这对英国夫妻握手后，她叫他自己找张椅子坐下。他愠怒地默许来杯白兰地。当夫人让侍者带一壶咖啡到桌上时，他立刻来了兴致。真正的好咖啡仍然是稀缺货色，而这壶咖啡却是用最上等的阿拉伯黑咖啡豆磨制的。村长再次举起杯子。Vous êtes Anglais?[①] 啊，他那现在正在克莱蒙费朗[②]读工程学的儿子曾经和英国远征军一起并肩作战过，并且总是说……

---

① "Vous êtes Anglais?"：法语，"你们是英国人？"
② 克莱蒙费朗（Clermont-Ferrand）：法国中南部城市，是奥弗涅大区的首府、多姆山省的省会和该地区的政治、经济、文化和教育中心，1731 年由克莱蒙和蒙特费朗合并而成。

"赫克托，这些事以后再说，"奥里亚克夫人说道。"现在有个很严重的情况。"为了让琼省却重复的麻烦，她自己讲起这个故事来，只是在某些细节上稍稍添油加醋了一番。然而，当奥里亚克夫人讲到琼先是和狗搏斗扭打在一起、然后再用刀刺它的时候，琼觉得自己不得不干预纠正一下了。他们挥手制止了她的干预，认为她的这份谦虚无关紧要。

最后，奥里亚克夫人亮出了琼的背包。村长从牙缝里吹了声口哨，肯定道："Ç'est grave."① 两条野狗，饥肠辘辘，可能患有狂犬病，其中一只还因受伤而狂躁不安——很明显，它们对公众构成了威胁。等这杯咖啡一喝完，他就会召集一些当地村民，派他们沿着河谷下去追踪那两条畜生，毙了它们。他还会给纳瓦赛勒方向打电话，看在那边可以做点什么。

村长看样子马上就要站起来动身了。可随后，他又伸手取回了空酒杯，重新坐进椅子里。

"以前我们也有过一次。"他说，"去年冬天。记得吗?"

---

① "Ç'est grave.": 法语，"这是很严重。"

"我没听说过那次。"奥里亚克夫人说。

"上次是一条狗。不过，都是一回事，原因都一样。"

"原因?"伯纳德问。

"您的意思是您不知道? Ah, ç'est une histoire."① 他把杯子推向奥里亚克夫人，她朝外面的酒吧里喊了几声。侍者走过来，和奥里亚克夫人耳语了几句。她做了个手势，他便也为自己拉了把椅子。突然，奥里亚克夫人在厨房干活的女儿莫妮卡拿着个盘子出现了。他们举起玻璃杯和茶杯，让她铺上一块洁白的新桌布，在桌上摆出两瓶地区餐酒②、玻璃杯、一篮面包、一碗橄榄和一把餐具。外面的葡萄园里，在远离树影斑驳的露台的地方，蝉鸣愈发响亮，令人倍感燥热。现在已是下午时分，正午时的火热空气和剧烈光线更加无所忌惮，在这一天剩下的时间里肆虐，充斥着深蓝色的穹宇，将所有人从他们的工作中解放出来。

莫妮卡又回来了。她端来了一个上釉的棕色餐盘，上

---

① "Ah, ç'est une histoire.":法语，"啊，这可是一段老黄历了。"
② 地区餐酒（vin de pays）：是由于产地来源不同而个性化的普级餐酒。在法国，普级餐酒可以分为本义上的普级餐酒（vins de table）和地区餐酒（vins de pays），一种地区餐酒必须产自于它所标示其名的那个产区，必须符合由法令所规定的严格的产品条件。

面摆着陶罐烩猪肉。这时，村长已经在干净的玻璃杯中倒满了酒，开始说起话来。

"刚开始这座村庄很平静——我是指 40 年和 41 年的时候。我们组织缓慢，再加上，呃，历史因素、家庭纠纷还有愚蠢的争论等各种原因，我们只剩下了一个小组的人员，聚集在阿列日河旁边的小镇马迪埃赫①附近。后来，在 42 年 3 月还是 4 月里的时候，我们的人协助建立了安托瓦内特地下交通线。它从塞特②周围的海岸起始，经过拉塞杭③，穿越这里，伸进塞文山脉，一直到克莱蒙特④。它与东西走向的菲利普交通线相交错，一直延伸到比利牛斯山和西班牙。"

伯纳德的脸上没有露出任何表情，琼则一直盯着自己的膝盖。村长以为他们没有听懂，便迫不及待地解释道：

"我会告诉你们这些事情的。比方说，我们所做的第一

---

① 马迪埃赫（Madière）：位于法国南部阿列日省（Ariège Department）的帕米耶市（Pamiers）附近的一座市镇，临近阿列日河（Ariège River）。
② 塞特（Sète）：法国南部地中海岸第二大港口城市，位于埃罗省南部，地处托湖和利翁湾之间，东北面临近会城市蒙彼利埃。
③ 拉塞杭（La Séranne）：位于埃罗省内的市镇果尼耶（Gorniès）附近的一处小村庄。
④ 克莱蒙特（Clermont）：位于阿列日省的一座村庄和市镇，南面临近西班牙比利牛斯山脉。

项工作。潜艇将无线电发报机运到阿格德角①，我们用三个晚上的时间把它们从拉瓦克里转移到勒维冈。后来它们被运到哪儿去了，我们不想知道。你们明白了吗?"

伯纳德急忙点头，就好像所有事情都突然明白了一样。琼还是耷拉着眼睛。他们以前从没在一起讨论过各自的战时工作，直到 1974 年他们才开始相互了解。伯纳德曾经为不同路线上的许多秘密运送点编制过目录清单，但他从来没有直接接触过像安托瓦内特这样一条小型地下交通线。琼在一个与自由法国人士联络密切的组织里工作，内容涉及特别行动处②针对法国维希政权制定的诸项政策，但她同样对安托瓦内特一无所知。在村长讲故事的整个过程中，伯纳德和琼都刻意不去看对方的眼睛。

"安托瓦内特运行得不错，"村长说，"共维持了 7 个月。在这里我们只有几个人手。我们把特工和他们的电报通讯员接到北方去。有时候只是运送物资。我们还帮过一

---

① 阿格德角（Cap d'Agde）：位于法国埃罗省东南部的岬角，北接阿格德（Agde），东临利翁湾。

② 特别行动处（SOE，Special Operation Executive）：是二战时期由英国首相丘吉尔亲自创建的秘密特工部门，任务是在海外窃取情报和进行破坏性活动。

位加拿大飞行员抵达了海岸线……"

奥里亚克夫人和侍者开始躁动不安起来，好像这些话他们以前在酒桌上已经听过很多次了，或者他们是觉得村长在自吹自擂。奥里亚克夫人低声地对莫妮卡说着话，指示下一道工序。

"然后，"村长提高了声音，"出事情了。有人告了密。两位同志在阿伯拉斯①被逮捕了。民兵②也在这个时候开了过来。"

那位侍者礼貌地转过头去，朝一棵酸橙树基吐了口唾沫。

"他们沿着交通线一路开进来，在这家旅舍里驻扎，然后对全村人一个个地进行了审问。让我倍感自豪的是，他们什么也没发现，绝对一点儿也没发现，然后他们就离开了。但安托瓦内特也就此完蛋了，打那以后，圣莫里斯就成了怀疑对象。突然间，他们发觉我们控制了一条向北穿越峡谷的交通线。我们暴露了。他们日夜都经过这里，还

---

① 阿伯拉斯（Arboras）：位于法国南部埃罗省内洛代沃附近的一座市镇。
② 法兰西民兵（Milice Francaise）：二战期间法国维希政权的民兵组织，由亲纳粹活动家约瑟夫·达尔南德（Joseph Darnand）于 1943 年 1 月组建，以帮助德国人围捕抵抗分子和犹太人。

招募了告密者。安托瓦内特死了，工作很难再重新启动。塞文山脉的抗德游击队①派了个人下来，我们起了争端。我们这里与世隔绝地处偏远，这倒是不假，但我们也很容易被人监视，游击队却不明白这一点。我们背后是一望无际的喀斯高原，毫无遮拦；前面就是那道峡谷，只有几条小路可以从上面下去。"

"但最后我们还是重新开工。结果呢，很快，我们的布巴尔医生就在这里被捕了。他们将他一路押解到里昂，对他严刑拷打，可我们相信他到死也没有开口。他被押走的那天，盖世太保来了。他们还带着狗，都是些面目狰狞的巨犬，用来追踪游击队在山里的藏身地点。人家是这么说的，但我可从来不相信那些狗是追踪犬。它们是警卫犬，而不是血猩②。盖世太保带着这些狗来，征用了村子中央的一所房子，住了三天。我们不清楚他们想干什么。他们离开了这里，但十天后又回来了，然后隔了两周又回来了

---

① 法国抗德游击队（Maquis）：1940 年底由法国共产党成员杜蒙创立，简称"马基"（Maquis），本意是地中海地区茂密的小树林和灌木丛林，二战中被用做法国抗德游击队的代名词。
② 血猩（blood-hound）：猎犬的一个品种，具有无与伦比的嗅觉能力，常用于猎物追踪。

一次。他们绕着这片区域巡逻，我们根本不知道他们下一次会在什么时间、什么地点露面。他们带着狗在村子里耀武扬威，什么事都要插上一手。他们的意图就是要恐吓我们，而他们得逞了。大家都被这些恶狗和它们的主人吓得半死。在我们看来，有这些狗在村子周围来回巡逻，我们晚上就很难开展活动，而且到这时，民兵也已经把告密者牢牢地安插在这块地盘上了。"

村长两大口喝完了他的酒，又重新满上一杯。

"后来，我们发现了这些狗的真正用途，或者说，至少是其中的一项。"

"赫克托……"奥里亚克夫人警告道。"不要说这个……"

"首先，"村长说，"我得告诉你们一些关于达妮埃尔·贝尔特朗的事情……"

"赫克托，"奥里亚克夫人说道，"这位年轻女士不想听你讲这故事。"

但是，在酒精的作用面前，奥里亚克夫人对村长的任何威慑力都已经失效了。

"可以这么说，"村长宣称，"贝尔特朗夫人在这里从来没有受人欢迎过。"

"这得归因于你和你的那些朋友，"奥里亚克夫人小声说。

"她在战争爆发以后来到了这里，接管了从她姑妈手里继承下来的一小块地产，就在村子边上。她说她的丈夫1940年时在里尔附近被杀了，这也许是真的，但也可能不是。"

奥里亚克夫人摇着头。她重新坐回椅子上，双臂交叉。

"我们只是有点怀疑。也许是我们弄错了……"

村长的这句话是对奥里亚克夫人说的，可她连看都不看他一眼。她用包含着满腔怒火的沉默来表达她的不满。

"不过在战争时就是这样。"他继续说，一边挥了挥手掌，表示这句话其实应该是奥里亚克夫人的台词，如果她开口的话。"一个陌生的女人来到了我们中间，和我们一起生活，没人知道她怎么得到的财产，也没人记得老贝尔特朗夫人提到过自己还有个侄女。而她又是如此冷漠，整天捧着一堆书本坐在厨房里。我们当然会有所怀疑了。我们不喜欢她，就是这么回事。我把所有这些事情讲出来，就是希望您能理解，"——这句话是在对琼说——"不管我所说的这一切，无论如何，1944年4月里发生的那些事令我

205

毛骨悚然。实在叫人遗憾……"

"遗憾!"奥里亚克夫人嗤了一声。

就在这时,莫妮卡端着一大罐砂锅焖肉回来了。在接下来的一刻钟里,大家的注意力都转移到了这罐砂锅焖肉上,所有人都对它大加赞赏。奥里亚克夫人心满意足,对大家讲起了她是如何弄到这道菜的基本材料——那只腌鹅的。

吃完饭后,村长继续讲了起来。"一天傍晚,干完活以后,我们有三四个人就坐在这张桌子前面。突然,我们看见,贝尔特朗夫人沿着这条路向我们跑来。她的样子很糟糕,衣服都被撕破了,鼻子也在流血,眉毛上面还有一道伤口。她大喊着——不,应该是在叽里咕噜地乱叫着——跑上来,跑上那些台阶,跑进屋里去找……"

奥里亚克夫人马上接口道:"她被盖世太保强奸了。对不起,夫人。"她边说边把手放在琼的手上。

"当时我们也都是这么想的。"村长说。

奥里亚克夫人提高了嗓门。"是这么回事。"

"后来我们发现不是这样。皮埃尔·索维和亨利·索维……"

206

"醉鬼!"

"他们看见了。很抱歉要向您说这些，夫人，"村长对琼说，"但是盖世太保那帮人把达妮埃尔·贝尔特朗捆在了一张椅子上。"

奥里亚克夫人狠狠地拍了一下桌子。"赫克托，现在你给我听好。我不会让这个故事在这里说出去的……"

可赫克托还在对伯纳德说："强奸她的并不是盖世太保。他们用……"

奥里亚克夫人站了起来："你现在从我的饭桌前滚开，永远不许你在这里吃喝了!"

赫克托犹豫了一下，然后耸耸肩膀。他从椅子里半站起身，这时琼开口问道："他们用了什么？您在说什么呢，先生?"

村长曾经是那么迫不及待要讲完故事，可在听到这个直截了当的问题后，他浑身一抖："您必须明白，夫人……索维兄弟俩透过玻璃窗亲眼看到了一切……而且我们后来也听说，在里昂和巴黎的审讯所里，这样的事情也发生过。事实很简单，动物可以被训练……"

终于，奥里亚克夫人爆发了："简单的事实？我才是在这个村子里唯一了解达妮埃尔的人，我会告诉你们什么是简单的事实！"

她笔直地挺立着，因胸中那股不可遏制的愤怒而浑身颤抖。伯纳德还记得当时他在想：要让自己不相信她是不可能的。村长仍保持着半站立的姿势，这让他看起来像是在卑躬屈膝。

"简单的事实就是：索维兄弟是一对醉鬼，而你和你的亲信讨厌达妮埃尔·贝尔特朗，因为她长得漂亮，又一个人住，而且她自认为不欠你们任何人一个解释。当这件可怕的事情发生在她身上时，你帮助她反抗盖世太保了吗？没有，你站在了他们那边。你用这个故事，这个罪恶的故事，加重了她的耻辱。你们所有人，都宁愿相信两个醉鬼们的话。它给了你们很多乐子，对达妮埃尔而言则是更多的羞辱。你们无法闭嘴。你们把这可怜的女人赶出了村庄。但是她比你们所有人都更有价值，而且该羞愧的人是你们，是你们所有人，特别是你，赫克托，你是有身份的人啊。这就是为什么我现在要明明白白告诉你们，因为我永远不再想听到这个令人作呕的故事了。明白了吗？永远也不再想了！"

奥里亚克夫人坐了下来。村长似乎觉得，如果不去反驳她，他就获得了同样能坐下来的权利。莫妮卡撤下餐盘的时候，没有一个人说话。

然后琼清了清嗓子。"那么今天上午我看见的那些狗……"

村长平静地说："一样的，夫人。是盖世太保的狗。你知道，后来一切情况都变了，离现在并没有多长时间。盟军在诺曼底登了陆。当他们开始向纵深突破的时候，德国人便纠集兵力北上抵御。这里的这支部队除了惊扰居民外并没有任何作为，所以他们作为第一批队伍开拔了。那些狗被丢在了这里，后来变成了野狗。我们以为它们活不了多久的，但它们靠吃羊活了下来。两年以来它们一直是个威胁。不过请不要担心，夫人。今天下午，那两只狗将被击毙。"

带着一份因他这骑士般郑重的承诺而重新拾起的自尊，村长再次把杯中的酒一饮而尽，将酒杯重新倒满并举了起来，高声说道："为和平干杯！"

他们俩迅速地朝奥里亚克夫人的方向瞥了一眼，发现她仍坐在那里叉着双臂，于是，他们回应村长的致辞时也

209

就三心二意了。

　　那天下午，在享用完白兰地、葡萄酒和漫长的午餐之后，村长没能派一队村民去峡谷。第二天早上也是风平浪静。伯纳德很烦躁。他还是一心想继续在普鲁纳莱德巨石墓时所展望的那段旅程。他想在早餐过后就马上去村长家里。琼却松了口气。她心里有其他事情要考虑，而艰苦的长途跋涉已经不再适合她。她以前感受到的那种想回家的渴望，如今变得更加强烈。现在她为此找到了一个完美的理由。她清楚地告诉伯纳德，即使看见那两条黑狗死在自己的脚边，她也不想再去纳瓦赛勒了。他怒气冲冲，但她知道他心里能理解她。同样，为他们亲自伺候早餐的奥里亚克夫人心里也能理解。她告诉他们，有一条"既平坦又美丽"的小路，朝南方一直通向拉瓦克里，然后爬上一座山丘，从喀斯高原一路向下伸进勒-萨勒赛。不到一公里外就是圣普里瓦，那里住着她的表亲们，他们会在当晚仔细照顾他们，让他们住得安心，然后他们就会度过一天愉快的徒步旅行，走进洛代沃。很简单！她画了张地图，把她表亲们的姓名和住址写清楚，给水壶灌满水，送了他们俩

210

一人一个桃子，临走时还顺着大路为他们送行，与他们相互轻吻面颊告别——那时，这套礼节对英国人来说还挺新鲜——最后又特别拥抱了一下琼。

与灌木丛生的西部荒野相比，圣莫里斯和拉瓦克里之间的"拉扎克的喀斯"的确更加温和。我自己也从那里走过许多次。可能是由于农庄之间相连更为紧密，而且它们对地貌产生温和的影响，一路上都起着作用。或许，这应该归功于那道坡立谷①——一条垂直插进峡谷的史前河床——长久以来的功劳。一条半英里长的小路上长满了野玫瑰丛，几乎形成了一条隧道，经过田野中的一个小水池，这块田地是当时一位怪癖年迈的老妇人为老得干不了活儿的驴子开辟出来的养老地。就在这附近，这对年轻的夫妻在一处阴凉的角落里躺下，静悄悄地——谁知道，也许会有人沿着小路走过来——重新开始像两个晚上之前那样甜蜜轻松的交合。

临近中午时分，他们悠闲地缓步走进村庄。在从洛代沃伸来的公路于 1865 年建成以前，拉瓦克里曾经是从喀斯

---

① "坡立谷"为喀斯特地貌术语，指四周为山、中间平坦的封闭式盆地。

通往蒙彼利埃的主要马车路线上的一站。和圣莫里斯一样，也有一座旅馆坐落于此。在这里，伯纳德和琼坐在狭窄便道中的椅子上，背靠着墙，一边呷着啤酒，一边预订了午餐。琼再次陷入了沉默。她想说说自己在遭遇黑狗时看见或感受到的那圈彩色光晕，可她知道伯纳德会对此不屑一顾。她也想讨论一下村长讲的那个故事，但伯纳德已经明确表示过，对这个故事他一个字也不相信。她不想与伯纳德争吵，但沉默中包含的这一股敌意，在接下来的几个星期里会不断增长下去。

不远处，在大路的分岔口，有一个金属十字架矗立在石基之上。这对英国夫妇看到，有一位石匠正在凿刻六个新的名字。在远离街道的另一端，一位全身黑服的年轻女子站在门廊的浓重阴影之下，注视着这一切。她的面庞如此苍白，他们一开始还以为她得了某种消瘦病。她站在那里一动不动，一只手挽着头巾一角，遮住自己的嘴唇。石匠似乎有些尴尬，工作时他始终背对着她。十五分钟后，一个身穿蓝色工作服、脚下拖着拖鞋的老头蹒跚走来，一言不发地牵住她的手，把她带走了。旅馆老板出来后，朝街对面那块空荡荡的地方点点头，小声嘟囔说"Trois.

Mari e deux frères. "①，一边放下他们的沙拉。

吃完午餐后，他们头脑昏沉，在炎热的天气里沿着山坡艰难地爬向泰德纳羊圈，而这段令人心酸的回忆还萦绕在他们的脑海里。半山腰上，在一片开阔的平地前挺立着一排松树，他们在树荫下驻足休息，从水瓶里倒水喝。在伯纳德余下的一生中，他将把这一刻永远铭记于心。这场刚刚结束的战争令他震撼，他不再把它看作是一种历史和地缘政治意义上的客观事实，而是一个由各种人间悲痛组成的近乎无穷的集合，一份无边无际的哀伤，被持续不断、毫无消减地分给了芸芸众生。他们分布在这片大陆之上，轻若孢子，渺如尘埃，每个人各自的身份都湮没在了历史的云烟之中，不为人知，而他们作为一个整体显出的更加深重的悲哀，是任何个人都无法去理解玩味的。成千上万的人们在默默地承受着内心痛苦的煎熬，就像那位黑衣女子悼念她的丈夫和两个兄弟一样，在每一份哀痛背后都有着一个不同寻常、错综复杂、感人至深的爱情故事，本来它们可以拥有另一种结局。他以前好像从未仔细思考过这

---

① "Trois. Mari e deux frères. "：法语，"走了三个。她的丈夫和两个兄弟。"

场战争，没有考虑过人们为这场战争而付出的代价。他只是忙于自己工作的诸多细节，想着要做好它们；他的眼光放得再远，也只能局限于战争的目的、胜利、统计出来的死亡人数、毁坏造成的损失还有战后的重建工作。有生以来，他第一次从感性上认识到：这场战争浩劫带来的破坏规模是何等之大。所有那些独特个体的死亡，所有那些随之而来、同样独特的个人的悲恸哀伤，在重大会议、新闻标题和浩瀚历史中都不会占有一席之地，只能悄悄地退却到斯人已逝的空荡家园、清冷寂寞的家庭厨房、无人相伴的爱情小床和永伴余生的痛苦回望之中。1946年，站在朗格多克的一棵松树下，伯纳德突然产生了这些想法。对他来说，这不是可以和琼共同分享的观察心得，而是一份深切的忧虑，一种对真理醍醐灌顶般的顿悟，令他陷入了惊愕的沉默，并想到了这样一个问题：当欧洲大地被这些轻若孢子、渺如尘埃的芸芸众生所占据，当忘却显得毫无人性且十分危险，而铭记变成一种永恒的折磨时，这样的欧洲还可能会有什么好的结果呢？

琼也记得伯纳德对这一时刻的描述，但她声称她对那个黑衣女子——其实就是她自己——毫无印象。当我在

1989 年途经拉瓦克里前往巨石墓时，我发现那座纪念碑的底座上刻着拉丁文引语。上面并没有阵亡者的姓名。

等两人到达山顶时，他们的心情已经再度开朗起来。他们回头尽情饱览八英里外的峡谷美景，上午走过的路线宛如画在地图上的那样清楚。就是在这里，他们开始迷路了。在草草画出的地图上，奥里亚克夫人没有写明应该在多久后离开经过泰德纳羊圈的那条小道。他们转得太早了。在铺满百里香和薰衣草的荒原上，交错着几条被猎人踩出来的迷人小径，琼和伯纳德走下了其中一条。他们并没有为此感到不安。在这片风景中，四处散布着露出地面的白云灰岩，被风化成塔楼和断裂的拱门形状，让人感觉就好像正在一座古老村落的废墟中穿行，四面则覆盖着一座美丽的大花园。他们悠闲漫步，朝着他们自以为正确的方向走了一个多小时。他们要找的是一条宽阔的沙土路，从上面下去，他们将找到那条陡然下降、从巴德拉泽下方通过的小径，朝下伸向勒-萨勒赛。即使用最详细的地图也很难找到这条路。

当夜幕逐渐降临时，他们开始感到疲劳和烦恼起来。泰德纳羊圈是一排狭长低矮的仓房，坐落在天际线上。他

215

们步履沉重地走上返回羊圈的缓坡，这时，他们听见从西边传来了一阵奇怪的声响。当这声音更加接近时，它分解成了上千个美妙的音符，仿佛是由钟琴、木琴和马林巴琴一起交错对位演奏而成的。伯纳德感觉那就像清凉的流水淌过光滑的岩石一样。

他们在小路上停下来，等待着，陶醉其中。他们看到，在依然耀眼的低垂落日的背景下，先是腾起一道厚厚的土黄色的烟尘，紧接着，在小路的拐弯处，出现了几只领头羊。突然的遭遇把它们吓了一跳，但身后汹涌而至的羊群已经让它们无法调头了。伯纳德和琼爬上一块岩石，站在飞扬的尘土里，在喧闹的铃铛声中等待羊群通过。

牧羊犬小跑着，紧跟在羊群后面，从他们身边经过，它注意到了他们，但并没放在心上。五十多码远后就是牧羊人。像他的牧羊犬一样，他看见了他们，却丝毫不感兴趣。要不是琼突然跳到他面前的小路上，向他询问去勒-萨勒赛的路，他或许会从他们身边默然走过，顶多只是点头打个招呼。他向前又走了几步才停下来，但并没有立即开口。他留着一脸浓密的落须胡，这是牧羊人的传统习惯，还戴着一顶和他们一样的宽檐帽。伯纳德觉得戴上这帽子有点像在骗人，便想把它摘下来。琼以为他可能没听懂自己那口第戎味的法语，便重新开始慢慢地询问。牧羊人整了整肩上披着的那条磨损的毛毯，朝羊群的方向点点头，然后迅速地走向羊群的前面。他嘴里嘟囔了些什么，虽然他们没听清楚，但他肯定是想让他们跟着走。

二十分钟后，牧羊人穿过松林中的一处缺口，牧羊犬也驱赶着羊群从中通过。这条小道伯纳德和琼以前已经走过三四次了。他们发觉自己正站在悬崖边的一小块空地上，斜阳垂得更低，略带紫色的低矮山丘和遥远的大海都呈现在他们面前。这正是三天前他们在洛代沃的晨光中所欣赏到的风景。他们已经来到了高原的边际，即将走下高原。他们马上就要回家了。

琼欣喜若狂，她的心中已经兴奋地预感到一股欢乐之情，这股欢乐将在今后陪伴她的一生，然后会在我、詹妮和我们的孩子们的生活中继续延续下去。在这悬崖边上的狭窄空间里，琼转过身来，逆着汹涌而来的羊群，向牧羊人道谢。牧羊犬已将羊群赶下了一条用卵石铺成的狭窄小径，从一块巨大的岩石下经过。这里就是巴德拉泽。琼迎着铃声高喊道："太美了！"牧羊人看了她一眼。他不明白她说的是什么意思。他转过身去，他们继续跟着他向下走。

　　也许是他们想回家的热情也感染了牧羊人，或者，按着伯纳德那更加愤世嫉俗的说法，也许是他当时就已经在脑子里打好了算盘——在下山的路上，牧羊人变得更加健谈起来。他解释说，按照惯例是不应该把羊群这么早赶离喀斯的。季节性的牲畜迁移一般在九月份开始。可是他弟弟不久前死于一场摩托车事故，这使得他不得不提前回来料理后事。两群羊会被集中起来，其中一部分将被卖掉，另外还有份地产需要出售，有些债务需要清偿。牧羊人说话时，中间夹着漫长的停顿，他带着他们走下一条小路，穿过一片橡树林，途经一个原先属于他叔叔的废弃羊圈，然后穿过更为浓密的圣栎树林，最后在一座顶部长满松树的小山丘旁钻了出来，来到一块照耀在阳光下的宽阔梯田里，这梯田悬在一道分布着葡萄园和橡树林的山谷之上。在那下方不到一英里远的地方，就是圣普里瓦村，坐落在一条被涓涓细流冲刷出来的小峡谷边缘。在山腰的梯田里，有一座灰色石头砌成的羊圈，面向着下方阳光普照的村庄。紧挨着羊圈的一侧有一小块田地，牧羊犬正在那儿追赶最后一只掉队的羊。北面方向，地势突然升高，朝西北方弯曲环绕，形成一个巨大的圆形岩石剧场，那正是位于高原边缘的峭壁。

牧羊人邀请他们过来，坐在羊圈外面，而他则去泉眼那边打水。琼和伯纳德坐在一块突出的石头上，背靠羊圈那参差不齐却很温暖的围墙，望着夕阳沉入面朝洛代沃的群山背后。太阳下落，光线慢慢变紫，一阵凉爽的微风吹来，蝉声渐弱。谁也没说话。牧羊人带回来满满的一瓶水，他们传着喝了一些。伯纳德将奥里亚克夫人的桃子切成几块，分给大家。牧羊人（他们还不知道他的姓名）已经无话可说了，便独自沉默地坐在那里。但他的沉默令人宽慰，充满友善。他们坐成一排，琼坐在中间，望着西边的火烧云，她感觉到自己的心灵充满宁静，十分开阔。她现在得到的这种满足感，意境深远，平和静谧，这使她怀疑自己以前是否明白快乐的真正含义。两天前她在普鲁纳莱德巨石墓所体验到的快感，就是对这份美妙感受的预示，却被忙碌的交谈、美好的愿望、对陌生人们的物质生活条件进行改善的计划所阻挠了。在那时和现在之间，就是那两条黑狗，还有那圈椭圆形的光晕——虽然她再也看不到它了，但它的存在却始终支持着她，令她快乐。

高原那巍峨挺立的峭壁环卫着这片土地，在这一小片土地上，她感到了安全。她又回归了自我，她已经变了。此时，此地，此景。当然了，这就是人生的追求，却鲜有机会去充分地享受现在，享受这一单纯的时刻——缓缓黯淡的夏日天色，脚下百里香的馥郁芬芳，腹中的饥饿感，她那已得到缓解的干渴，透过衬衣感受到的石头的温暖，蜜桃在口中留下的清香、在手上留下的黏液，她那酸软的腿脚，那因满身汗水、灼人烈日和飞扬尘土而导致的身心俱疲，这个隐秘而可爱的地方，还有身边的这两个男人，一个她了解并深爱着，另一个虽然沉默却值得信赖，并且——她敢肯定——正在等她做出下一步不可避免的行动。

　　当她问自己能否进羊圈参观一下时，他似乎早有准备，没等她话音落地就站起身来，走向羊圈北边的前门。伯纳德说他自己坐在这里太舒服了，懒得动弹。琼跟着牧羊人走进一片黑暗当中。他点亮一盏油灯，高高举起为她照明。她向前跨了一两步，又停了下来。空气中弥漫着麦秆和尘土的甜蜜气息。她置身于一座像谷仓似的长方形结构建筑中，头上是倾斜的屋顶，被一道拱形的石质天花板分为了两层，其中一角已经坍塌。地板就是踏平的泥土。琼静静地站了一分钟，牧羊人耐心地等待着。当她最终转过头来问道"Combien?"（多少钱?）时，他立即报出了价格。

    这笔交易花了琼三十五英镑，她得到了二十英亩的土地。本来琼在国内还有足够多的积蓄，足以维持她的生活，但直到第二天下午，她才鼓起勇气把这件事告诉了伯纳德。令她惊讶的是，伯纳德并没有试图用一大串理智的观点来反对她，向她说明他们应该首先在英国买套房子，或是教育她不该在那么多人无家可归的时候拥有两套房子。第二年，詹妮出生了，琼直到1948年夏天才返回羊圈，对它做了一些适当的修缮改造。为了适应扩大后的家庭需要，羊圈附近又建起了几座带有当地特色的新式建筑。1955年，那口泉眼接上了自来水管。1958年，这里装上了配电设施。多年之中，琼修缮了露台，打了另一口稍小一点的泉眼，用来灌溉她栽种的桃树和橄榄树果园，还用生长在山坡上的黄杨灌木丛建造了一座迷人而颇富英国风情的迷宫。

    1951年，在她的第三个孩子出生后，琼决定迁往法国居住。大部分时间里，她都把孩子们带在身边。偶尔，他们会和父亲在伦敦住上一段时期。1957年，孩子们在圣约翰-德拉布拉奇埃尔的当地学校入了学。1960年，詹妮去了洛代沃的法国公立中学读书。整个童年时期，崔曼家的孩子们都在英国和法国之间往返转折，被火车上和蔼的女士们或是活跃的"百事管"阿姨们照看着，而他们的父母既不愿意重新住在一起，又不想彻底分开。对琼来说，她相信邪恶和上帝的存在，确信这两者与共产主义不可调和，发现自己既不能说服伯纳德，也不能与他分开。对伯纳德而言，他仍然爱她，却又对她那缺乏社会责任感、以自我为中心的生活方式深感恼火。

伯纳德退了党，在苏伊士运河危机[①]期间成了"理性之声"。他为纳赛尔写的传记使他广受关注。不久后，他就在BBC的辩论节目中成了活跃且被人认可的激进分子。1961年，他以工党候选人的身份参加了一次补缺选举，结果光荣落选。1964年他再度参选，获得了成功。大概就是在这个时候，詹妮考进了大学。由于担心詹妮过于受到伯纳德的影响，琼在第一学期给她写了一封充满告诫的老式

---

① 苏伊士运河危机（Suez Crisis）：即第二次中东战争。1956年10月，英法两国为从埃及手中夺得苏伊士运河的控制权，联合以色列对埃及发动了突然袭击，最后战争以失败告终。

信函，正如父母有时写给离家的孩子们的信那样。在信中琼写道，她不相信那些抽象的原则，而那些"坚定的知识分子们还想借此操纵社会的变革"。她告诉詹妮，自己相信的是"那些短期、现实、可行的目标。每个人都要对自己的人生负责，并想方设法去提高生活质量，首先便是从精神层面上改进，其次是物质层面，如果确有需要的话。我可不管一个人的政治信仰。就我个人而言，休·沃尔（伯纳德的一位政坛同僚），那个去年我在伦敦的一次宴会上遇见、整晚都在和所有在座宾客讨论个不停的家伙，也不比他热衷于谴责的暴君好上多少……"

琼在有生之年出版了三本书。五十年代中期，她出版了《神秘的恩典：阿维拉的圣特里莎文集》①；十年后，《朗格多克的野花》问世；又过了两年，一本实用主义的小册子《十大冥思》付梓。随着时光流逝，琼也不再像以前那样常去伦敦了。她一直住在羊圈里，学习，冥思，照料着这份产业，直到 1982 年病魔迫使她回到了英国。

最近，我偶尔翻到了我在和琼的最后一次谈话中所做

---

① 阿维拉的圣特里莎（Saint Teresa of Ávila）：出生西班牙古城阿维拉的一位 16 世纪的修女，因改革加尔默罗会而在宗教史上享有崇高地位。

的两页速写笔记，那是她在 1987 年夏天去世的一个月前对我说的："杰里米，那天上午，我与邪恶直面相遇。当时我还不是很明白，但我惊恐地感受到了——这些畜生是粗鄙的想象和扭曲的灵魂的产物，没有任何社会理论能加以解释。我所说的这种邪恶，就在我们所有人的心底。在每个个体身上，在私人生活中，在家庭内部，它始终纠缠不放，而受害最深的莫过于孩子们了。然后，等时机一成熟，在不同的国家，在不同的时代，一种践踏生命的残忍和可怕的邪恶便会喷涌而出，所有人都会惊讶于自己体内竟蕴藏着如此深刻的仇恨。然后它潜回原处，伺机等待。它潜藏于我们的内心深处啊。

"我看得出来，你认为我是个疯子。这没什么。我所知道的就是这些。人性、人心、精神、灵魂、意识本身——随便你叫它什么——最终，我们都得应对它。它需要发展和扩张，否则我们心里积郁的悲伤将永远无处发泄。我个人有个小小的发现，那就是，这一改变是可能的，我们是能有所作为的。如果内心世界不掀起一场革命（不管这场革命进行得多缓慢），我们的一切重大规划都将毫无价值。如果我们想与别人和睦相处，首先要做的就是改变自己。

我不是说这一定会发生。也许，这种情况不太会出现。我是说，这是我们唯一的机会。如果实现了（这可能需要几代人的努力），那么它所带来的好处，将以一种无法规划、无法预见的方式来改造我们的社会，让它不受任何一个组织或是任何一套理念的控制……"

我刚读完这段话，伯纳德的灵魂就站在了我的面前。他双腿交叉，双手合拢呈尖塔状。"'与邪恶直面相遇'？让我来告诉你她那天遇见了什么吧——一顿美味的午餐和一些不怀好意的村里闲话！至于说到内心世界嘛，我亲爱的孩子，想想那些胃囊空空讨不到饭吃的人吧，或者是没有干净水喝的人，或者是当你得和另外七个人一起挤个小房间的时候。现在嘛，当然了，我们所有人都在法国拥有两套房子……你看，面对在这拥挤的小星球上持续发生的一切，我们确实需要一整套理念，而且还是非常非常好的理念！"

琼深吸了一口气。他们又开始争吵起来……

琼去世后，我们继承了她的羊圈，我、詹妮和我们的孩子们在这里度过了所有的假期。有好几次在夏天里，我发现自己独自一人沐浴在傍晚最后一缕紫色的暮光中，躺

225

在琼曾经躺过的那棵桎柳树下的吊床里，思索着所有那些世界历史和个人生活的牵引，以及大大小小的生活旋流，正是这些因素纵横交错、相互羁绊，最后让我们得到了这块土地：一场世界大战，一对身处战争末期、急于体验新婚自由的年轻夫妻，一位驾着汽车的政府官员，抵抗运动，阿勃维尔[①]，一把折叠小刀，沿着奥里亚克夫人指引的那条"既平坦又美丽"的小路的徒步旅行，一个死在摩托车上的小伙子，他的牧羊人哥哥需要替他清偿的债务，还有琼在这片阳光明媚的土地上找到的安全感和她自身的转变。

然而，让我频频回顾的仍然是那两条黑狗。每当我想到自己是因为它们才变得如此幸福，特别是在我将它们想象成幽灵犬、看作是邪恶的化身而非普通动物的时候，我就会烦恼不已。琼对我说过，在她的一生中，有时她还会看见它们，真的看见它们，就在睡熟前那昏昏沉沉的几秒钟里。它们正沿着伸进威斯河谷的小路飞奔，较大的那只狗在白石上洒下斑斑血迹。它们正在穿越阴影线，奔向那

---

① 阿勃维尔（Abwehr）：国外情报与保卫局（Amt Auslands-nachrichten und Abwehr）的简称，即德国军事情报局，是德军最高统帅部搜集情报和反谍报活动的部门，由海军上将威廉·弗兰茨·卡纳里斯（William Franz Canaris）领导，后于 1944 年并入中央安全局。

片阳光永远无法照耀的黑暗领地，而那位和蔼可亲的醉酒村长也不会派人追击，因为它们会在夜半时分渡过河流，奋力攀上峡谷的另一侧，穿越整个喀斯高原。当睡意席卷而至时，它们在她眼前变得模糊起来，化作两个昏暗晨光中的黑色斑点，向峰峦前的山麓移动，渐行渐远。然而，它们还会从山里回来，缠绕着我们，在欧洲的某处，在另一个时代。

译后记

你可知道丘吉尔将与自己形影不离的忧郁症唤作"黑犬"？他曾坦言"我有一条陪伴我一生的黑犬"。胸中的阴郁折磨就像在村子里随处可见的黑狗一样，一有机会就咬住心口不放。而"恐怖伊恩"这一次狠狠揭开的却是整个时代的沮丧，唤起了文明的心魔，揪住了人性的缺口——"如果一条狗代表了个人的抑郁，那么两条狗就是一种文化的抑郁，对文明而言，这是最为可怕的心态"。出没在第五部长篇《黑犬》中的凶狠而神秘的动物，比黑夜还要黑，目露红光，像正在燃烧的煤块；觊觎着腥风血雨，奄奄一息的欧洲文明的残骸，吞噬着改革与信仰的道德底限，叼住了文明的死穴，企图颠倒善与恶的本质——典型的麦氏黑色，在幽灵黑犬作祟的舞台，暴力，真爱，邪恶，救赎，演绎了一则关于我们时代的惊悚寓言。

伊恩·麦克尤恩已经成为最受人嫉妒的作家之一。据说，他的作品英国地铁上几乎人手一本，也让二十世纪末幽灵重现的英国小说寿终正寝的论调不攻自破。麦克尤恩仿佛施下奇幻异术，带领读者跑到意识和潜意识的交界处的漆黑地带：谎言，背叛，乱伦，丑闻，病态，大胆而耸动地触摸人类心灵的最邪恶幽暗处。然而，80年代标志着麦克尤恩的转型，"文坛黑色魔法师"从早期的荒诞极端的重口味作品转变为充满人文关怀的大气之作。

长久以来，麦克尤恩一直潜心耕耘着家庭伦理试验田。从孩子的视角切入，挖掘隐藏在背后家庭社会寓意。与其将孩子与成人对立起来，不如将其看作一个隐喻，为麦氏提供了一个落脚点，让他就像一个外星客那样，借此更远更冷地将目光由孩子和内心世界投向现实与成人社会。被评论家誉为最富人性的《黑犬》又未尝不是如此。在长达十一页的序言中，麦克尤恩以孤儿杰里米干净、明朗、不带多少失去双亲的悲戚，甚至有几分悠然自在的口吻倒叙，将读者带入一个失爱的青少年世界。这个小小世界里，八岁被领养的杰里米虽然在十岁时又与充斥着火药和酒精的姐姐姐夫再次同居一室，一边眷恋着别人的父母，一边与小外甥女莎莉相依相守，倒也怡然自得。"在某种程度上，你一辈子都是孤儿身；照料孩子就是照料你自己的一种方式。"细腻却理性抽离的冷峻文风让杰里米处处透露着成人的思维方式与作风。

毫无疑问，杰里米属于遭遇了特定生存情境的社会边缘人，畸零者。藉此，麦氏完成了一种他者意味的表达。杰里米的少年时代与麦克尤恩的亲身经历不谋而合。让我们猜测，序言是他对存在于社会上的孤独感，以及对社会的无知感的一种戏剧化表达。麦克尤恩自己的孤零身世，青少年时代社会身份定位的奇怪错移，让他曾一度对社会肌理的构造一无所知，却急切渴望融入社会肌理，发生社会联系。这样看来，孤童杰里米一味迷恋别人的父母家庭，又一味因自己逃离的愚蠢举动而心生失落也自在情理之中了。

当然，麦克尤恩的野心永远不会止步于两个孩子的无邪世界。他总喜欢用一种美好的叙述口吻传递出颇为阴郁的叙事风格。果不其然，洋洋洒洒的十一页序言后，麦克尤恩即刻架起三棱镜，借助极其压抑的内容，内敛的激情，缓缓地导入他描述的有些黯淡的成人世界。序言作为一个前奏，在此戛然而止。将书页从序言翻至第一部杰里米也告别了形单影只、狼狈的青年时代，成家立业，育有四个孩子，因为他坚信"重塑一个失去的父亲，最简单的办法就是让自己身为人父"。这一次，他迷上了的是他那对常年分居的岳父母。岳父伯纳德—女婿杰里米—岳母琼，这样的家庭三角交流关系也成了支撑全书情节渐变的依托。序言中的主人公杰里米似乎暂时卸下了主角的重任，成了琼回忆录的撰写者。他一面不时造访身患绝症、囚困疗养院的琼，听她讲述邪恶与光明的较量——它们相互抗衡，僵持不下，周期性地浮现涌动——一面又在伯纳德处打探求证，虽然得到的总是相悖的答案。伯纳德和琼早年曾加入过共产党，虽深爱着彼此，但二人所抱的理念却水火不容，难以并存。一个是昆虫学家，政委，活动家，以理性至上，一个是隐士，神秘主义者，笃信上帝，追随信仰；一个仍慷慨激昂地为社会改革事业奔走疾呼，另一个却恶疾缠身，住进了疗养院，在半痴癫半清醒中了却残生，但仍固执地咬定缺乏信仰的人生没有价值，或者至少十分可怜可鄙。据说是在冷战年代两人赴法国的蜜月途中，一次与邪恶的正面交锋——遭遇了两条异常硕大、凶狠的黑狗——才真正让他们分道扬镳。琼被凶猛黑狗袭击的次日，村民们透露，战时，这个村子曾是抗敌交通网上的一个据点，沦陷后，盖世太保兴风作浪。黑狗是他们用来蹂躏妇女的工具。

1989 年 11 月，杰里米和伯纳德亲睹了柏林墙轰然倒塌的全过程。分裂的德国走向统一，却也许是推进欧洲一体化历史的积极时刻，但也无可避免地让很大一部分铭记德国纳粹暴行的人们心有余悸。这样的焦虑和恐惧在载杰里米和伯纳德去机场的出租车司机和险遭新纳粹光头党痛打的土耳其示威者身上表现得淋漓尽致。这伙种族主义的恶果乖张暴戾，群起出动，同在乡间出没，化身为邪恶之灵的黑狗是一丘之貉。更可恨的是，这名示威者之所以受到光头党的群起而攻之全在他的移民者身份，并非他的共产主义认同。半个多世纪以来，纳粹早已盖棺论定，然而自 1989 年柏林墙倒塌以来，德国仍有鲁莽的年轻一代试着揭开"潘多拉的盒子"，想看看在黑暗里尘封已久的那段历史到底会放出些什么。

杰里米的叙述交错跳跃在年代各异的英、法、德、波兰。麦克尤恩有意将线性叙事立体化，令人眼花缭乱地模糊历史与现实的界限，旨在以外科手术般的精准传达二战后弥漫在欧洲的精神恐慌与焦虑，就像盖世太保当年遗弃的两条黑狗经历半个世纪仍是女主人公琼心头抹不掉的幽灵。在现代文明的进程中，累累暴行敦促我们反思"文明开化"到底意味着什么。科学、理性和秩序名义下的杀戮？冷战年代"馈赠"给欧洲不仅是喋血的二战时期遗留的连连余波，毫无人道可言的杀戮，还有梦魇般轮番来袭的精神恐慌，心灵焦虑。生活在这样一个后遗症频发、伤痕累累的欧洲究竟意味着什么？麦克尤恩在《黑犬》一书中做了深沉的哲学思考。这是一次尝试，探出疑惑的手去触摸幽深的心房，那里有凸有凹，深藏于潜意识褶皱处的邪恶、贪婪、暴虐，虽然暂时被压抑，被文明教化，却无法被彻底根除。因为，它作为独立的一部分已包容在我们人性之中。正如琼的强烈感应："一种邪恶的天性，一股在人类事务中涌动的暗流会周期性地浮现，强势主宰和摧毁破坏个人或国家的正常生活"。就像盖世太保的两条恶犬，随时潜伏着，等待着下一次掠食的时机。

历史的幽灵，仍在现今徘徊。麦克尤恩以回忆录的方式构架了整部小说，试图用确凿的时间、事件再现历史。这部作品也化身为一支拜访往昔的浩荡大军，由史实打头，以文学跟进，周围有电影画面般鲜活生动的摇旗呐喊烘托

234

气氛，出入于往昔与现实之间，让后人从镜子里一窥那段黑暗历史笼罩下我们"因坏情绪所累的文明"。

郭国良

2009 年 9 月于杭州西溪风情

图书在版编目(CIP)数据

黑犬/(英)伊恩·麦克尤恩(Ian McEwan)著;
郭国良译.—上海:上海译文出版社,2018.6
(麦克尤恩作品)
书名原文:Black Dogs
ISBN 978 - 7 - 5327 - 7766 - 2

Ⅰ.①黑… Ⅱ.①伊… ②郭… Ⅲ.①长篇小说—英
国—现代 Ⅳ.①I561.45

中国版本图书馆 CIP 数据核字(2018)第 042402 号

图字号:09 - 2008 - 537 号

黑犬

〔英〕伊恩·麦克尤恩 著 郭国良 译
责任编辑 / 管舒宁 装帧设计 / 储平工作室

上海译文出版社有限公司出版.发行
网址:www.yiwen.com.cn
200001 上海福建中路 193 号 www.ewen.co
江阴金马印刷有限公司印刷

开本 850×1168 1/32 印张 8.5 插页 5 字数 110,000
2018 年 6 月第 1 版 2018 年 6 月第 1 次印刷
印数:0,001—7,000 册

ISBN 978 - 7 - 5327 - 7766 - 2/I·4754
定价:52.00 元